NUIT NOIRE

Biographie

Lynn Beach est née à El Paso, au Texas, mais a grandi dans l'Arizona. Elle a fait des études de russe à l'université. Puis, dans les années 70, elle est venue s'installer à New York, où elle a commencé à écrire des scénarios pour feuilletons. Plus tard, elle a publié des articles dans les magazines de l'éditeur américain Scholastic. Auteur connu et reconnu aux États-Unis, elle a publié de nombreux livres pour les adultes et les enfants.

ILLUSTRATION DE COUVERTURE
JEAN-MICHEL NICOLLET

VALLÉE FANTÔME

NUIT NOIRE

LYNN BEACH
TRADUIT DE L'AMÉRICAIN
PAR YANNICK SURCOUF

Troisième édition

PASSION DE LIRE
BAYARD POCHE

Titre original
The Dark

Loi n° 49 956 sur les publications destinées à la jeunesse
Dépôt légal avril 1997

ISBN : 2 227 72917 1

Nous remercions Edward L. Averitt Jr., professeur à l'école des malentendants et des non-voyants en Arizona, pour son aide et ses conseils qui nous ont permis de comprendre le monde des aveugles.

PROLOGUE

C'était un nouveau lieu.
Avec de nouvelles odeurs, de nouvelles formes, de nouveaux sons.
Le voyage dans cette grosse voiture bruyante l'avait excité. Il aurait aimé aboyer. Mais il s'était souvenu de son dressage et il était resté calme. Il avait rempli sa fonction et veillé sur le Garçon.
Ici, tout était différent. Cela ne ressemblait pas à la petite maison où il vivait avant, avec l'Homme et la Femme. Là-bas, il y avait un jardin où il jouait avec le Garçon. À présent, le jardin était aussi grand que leur ancien quartier. Il était rempli de nouvelles plantes et d'animaux inconnus. Partout, il voyait des garçons et des filles, des hommes et des femmes qu'il ne connaissait pas.
Il y avait aussi quelque chose d'autre. Une chose étrangère. La chose avait une odeur qu'il reconnaissait, même s'il ne l'avait encore jamais sentie. C'était l'odeur du danger.

Le Garçon ne sentait pas le danger. Il ne reconnaissait pas les odeurs. Il ne voyait pas les formes, il n'entendait pas les bruits.
Il allait devoir protéger le Garçon. Le sauver du danger.

1

Arthur McCormack déposa sa valise sur le lit et l'ouvrit avec précaution. Avant cela, il avait soigneusement exploré la partie de cette grande chambre carrée qui lui était attribuée. Une armoire se trouvait à la droite de son lit. Arthur savait déjà comment il rangerait ses affaires. Les pantalons et les pulls iraient dans le tiroir du bas et il placerait les sous-vêtements et les T-shirts dans celui du milieu. Ses livres et le matériel scolaire occuperaient l'étagère du haut.

Il retira d'abord de sa valise un éléphant en bois sculpté que son père lui avait rapporté d'un voyage aux Indes. Il le déposa au sommet de l'armoire, comme dans son ancienne chambre. Il put alors déballer ses affaires. Il agissait avec méthode, palpait les vêtements avant de les ranger afin de pouvoir les retrouver par la suite. Lord, son chien, était étendu au pied du lit. À chaque mouvement de l'animal, il pouvait entendre le raclement de son harnais sur le plancher.

« Tout cela est incroyable », pensa-t-il comme il achevait de ranger la première étagère.
Depuis presque un an, Arthur n'avait qu'une seule idée en tête : être accepté au collège de Chilleen, un pensionnat niché dans les montagnes, à l'ouest du pays. Cécile Davis, sa meilleure amie, y résidait depuis la dernière rentrée de septembre. Quand la famille de Cécile avait déménagé, Arthur avait voulu l'accompagner, mais ses parents pensaient qu'il n'était pas encore prêt à vivre loin d'eux.
Depuis le départ de Cécile, Arthur ne rêvait plus que de grandes balades dans les collines et les vallées, loin de la protection étouffante de ses parents. Il voulait oublier les épreuves du passé, être enfin libre d'explorer le monde par lui-même.
Aujourd'hui, son souhait le plus cher se réalisait. Tout en déposant une pile de T-shirts dans le tiroir, Arthur se demanda s'il ne devait pas se pincer pour y croire vraiment.
« Si tout cela n'est qu'un rêve, je ne veux surtout pas me réveiller », pensa-t-il.
Des bruits de pas résonnèrent dans le couloir et Arthur s'immobilisa.
– Tiens, le nouveau est dans sa chambre, entendit-il. Il paraît qu'il est aveugle.
Aveugle. Arthur devint écarlate et sa bonne humeur retomba d'un coup. Même si c'était vrai, il détestait ce mot. Il ne supportait plus ce que cela sous-entendait : empoté, vulnérable, différent.
« Seul Lord sait qui je suis réellement. »

Pour Lord, Arthur était simplement Arthur. Et ensemble, ils pouvaient tout faire.
Il sentit une présence dans son dos avant même qu'une voix s'élève.
– Salut !
– Salut, répondit Arthur avec un sourire forcé.
– Je suis Valentin, ton compagnon de chambre.
La voix était enjouée, mais le garçon parlait trop fort.
– Je m'appelle Arthur, dit-il en s'efforçant de paraître amical.
– Je suis venu voir si tu avais besoin d'aide ! cria Valentin.
– Non, je te remercie. Au fait, il est inutile de hurler. Je ne vois pas, mais j'entends très bien.
– Excuse-moi, dit Valentin, un peu embarrassé.
Il fit un pas dans la pièce et s'arrêta net.
– Hé ! cria-t-il, surpris. C'est un chien ! Ce n'est pas autorisé à l'école !
– Lord est mon partenaire, expliqua Arthur. Il m'aide à me déplacer.
– Ah bon ? C'est un chien d'aveugle ? demanda Valentin, l'air intéressé.
– Pas officiellement... Normalement, on ne nous confie pas de chien-guide avant dix-huit ans. Mais mon oncle possède un chenil et il m'a offert Lord pour mon anniversaire. Il l'a entraîné lui-même.
Valentin alla s'asseoir sur son lit.
– Connaît-il des tours ? demanda-t-il.
– Des tours ?

– Mais oui, tu sais, reprit Valentin impatiemment. Donner la patte, faire le beau.
– Lord n'est pas ce genre de chien, grimaça Arthur.
La tournure que prenait cette conversation commençait à lui déplaire sérieusement.
– Dommage, conclut Valentin. On pourrait peut-être lui en apprendre quelques-uns.
Arthur secoua la tête. Il se demanda s'il allait s'entendre avec son compagnon de chambre. Valentin était le type de garçon bruyant et balourd qu'il n'aimait guère. Comme pour confirmer ses craintes, Valentin se leva brusquement et annonça d'une voix forte :
– Laisse-moi te donner un coup de main !
Avant même qu'Arthur puisse réagir, Valentin lui arracha la pile de vêtements qu'il tenait dans ses mains et la déposa dans le tiroir ouvert.
– Où les as-tu mis ? s'écria nerveusement Arthur.
– Dans le tiroir, répondit Valentin.
Arthur palpa vivement les affaires et s'efforça de maîtriser sa frustration.
– Je ne vois pas ! grogna-t-il. Je dois ranger les choses moi-même si je veux les retrouver.
– Désolé, répondit Valentin avec indifférence. Je voulais juste t'aider un peu.
– Ce n'est pas grave, grommela Arthur.
Il allait ajouter autre chose quand une nouvelle voix s'éleva sur le pas de la porte.
– Salut tout le monde !
– Cécile !

Les sentiments confus d'Arthur disparurent en un instant. Il ouvrit grand ses bras pour accueillir son amie.
– Arthur, je suis si heureuse de te voir ! s'exclama Cécile en le serrant contre elle.
En retrouvant le parfum familier de son amie, il se sentit véritablement chez lui. Lord se leva en battant joyeusement de la queue.
– Cécile, je te présente Lord, annonça Arthur avec fierté. C'est grâce à lui que j'ai pu finalement venir à Chilleen.
Dans ses lettres, il avait décrit à son amie de quelle manière ils s'entraînaient ensemble depuis des mois. C'était le seul moyen pour que ses parents acceptent de l'envoyer au pensionnat. Malgré tout, cela ne s'était pas fait sans peine. En cas d'échec, Arthur avait dû leur promettre qu'il rentrerait à la maison sans se plaindre. C'était un pari délicat, mais Arthur était persuadé qu'il saurait bien se débrouiller seul.
– Ravie de te rencontrer, Lord, dit Cécile.
Le chien renifla la main de la jeune fille.
– Il est vraiment très beau, apprécia-t-elle.
– Je sais, approuva Arthur.
– Comment cela ? s'étonna Valentin.
Il s'interrompit, manifestement embarrassé.
– Je veux dire... Comment le sais-tu puisque tu ne peux pas...
– Le voir ? conclut Arthur. Eh bien, beaucoup de gens me l'ont décrit. C'est un berger allemand au pelage noir et fauve avec de grands yeux marron très

doux. Et je peux dire aussi qu'il a de longs poils soyeux au toucher et que sa langue est un peu râpeuse.
– Arthur sait bien des choses, ajouta Cécile. Tiens, décris-moi à Valentin.
– Tu as de longs cheveux roux et les yeux verts. Et tu as des taches de rousseur, mais tu ne les aimes pas.
– Valentin en possède encore plus que moi, répondit Cécile avec un petit rire. Par contre, ses cheveux sont châtains et ils sont coupés en brosse. Il est aussi très maigre.
– Mince, pas maigre, rectifia Valentin.
Sa voix était calme et détendue. Arthur comprit alors que Valentin et Cécile étaient amis. Il n'était pas sûr d'apprécier cette idée.
– Valentin ne sait pas à quoi il ressemble, reprit Cécile sur un ton malicieux. Il se croit très séduisant.
– Je le suis. J'ai des cheveux noirs et les yeux bleus et l'allure d'une star de cinéma.
– Cause toujours, Valentino, répliqua Cécile.
Ils éclatèrent tous deux d'un rire complice et Cécile reprit d'une voix enjouée.
– Je suis si heureuse que vous soyez dans la même chambre ! Nous allons devenir de grands amis, tous les trois.
– Je l'espère, dit Valentin.
– Moi aussi, ajouta Arthur en s'efforçant de masquer ses doutes.
– Valentin ! s'exclama brusquement Cécile. Je ne savais pas que tu avais terminé ta maquette.

– Oui, j'y ai consacré tout l'été.
– Viens voir, Arthur, dit Cécile en l'entraînant de l'autre côté de la chambre.
Elle lui prit doucement la main et la plaça sur le rebord d'une table. Arthur effleura une structure compliquée, composée de petits éléments. Émerveillé, il reconnut des arbres, des routes et différents bâtiments.
– Là, tu touches le collège de Chilleen, reprit Cécile. Valentin travaille sur cette maquette de la Vallée fantôme depuis le printemps dernier.
– Je vais la présenter le mois prochain à l'exposition d'art du comté, annonça Valentin. Mme Miller, le professeur d'arts plastiques, dit que j'ai de sérieuses chances de remporter un prix.
Pendant que ses doigts parcouraient la maquette, Arthur envisagea Valentin sous un nouveau jour. Le garçon remontait dans son estime. Il avait dû passer un nombre d'heures incalculable à créer cet univers miniature.
– C'est incroyable, s'émerveilla Cécile. C'est si réaliste. Oh ! tu as aussi représenté le village des Ombres !
– Qu'est-ce que c'est, le village des Ombres ? demanda Arthur.
– C'est un village indien abandonné, creusé au pied des collines, répondit Cécile. Tiens, c'est ici...
Elle lui prit la main et la guida le long d'un sentier qui traversait une forêt. Bientôt, il sentit le flanc d'une colline percée de nombreux alvéoles.

– Les ruines sont ici, indiqua-t-elle. Là se trouve l'ancien cimetière indien et les cavernes sont au-dessus. On prétend que l'endroit est hanté.
– Vraiment ? s'étonna Arthur.
Cécile s'amusa de sa réaction.
– Si l'on croit les histoires qui circulent, la moitié de la Vallée fantôme serait hantée. Beaucoup de gens affirment qu'ils ont aperçu des spectres d'Indiens. Certains élèves disent même que des bâtiments de Chilleen sont habités par des revenants.
– Tout cela est charmant, commenta Arthur.
– Je ne crois pas à ces sornettes, affirma Valentin.
– Moi non plus, approuva Cécile. Mais il faut admettre que des événements étranges arrivent parfois dans les environs.
– En tout cas, je n'en ai jamais vu, reprit Valentin.
Il se dirigea vers la sortie.
– Bien, je vous laisse à vos histoires de fantômes, j'ai une leçon de tennis.
En entendant ses pas s'éloigner dans le couloir, Arthur poussa un soupir de soulagement.
– Comment trouves-tu Valentin ? demanda Cécile.
Arthur haussa les épaules.
– Il a l'air sympathique... Je crois.
– Vous allez bien vous entendre, dit Cécile sans relever le manque d'enthousiasme d'Arthur. Nous avons encore une heure avant le dîner. Si tu veux, je vais te faire visiter.
– Super, approuva Arthur. Nous sommes loin du village des Ombres ?

– Pas très loin... Mais tu ne veux pas voir le reste du collège avant cela ?
– J'ai déjà visité des millions de bâtiments, mais jamais encore un village hanté. Allons-y !
– Tu n'as pas changé, dit Cécile en riant. Tu veux toujours prouver que tu peux tout faire.
– Exact. Et j'en suis capable. Debout, Lord, on va se balader.
Un vent frisquet soufflait sur les pelouses en cette fin d'après-midi, mais Arthur ne s'en souciait pas. Il cheminait à côté de Cécile. Pour la première fois de sa vie, il se sentait vraiment libre, et son amie était pour beaucoup dans son bonheur. La plupart des gens qu'il rencontrait se comportaient comme Valentin. Il pouvait ressentir leur gêne et leur embarras. Cécile était différente. Ils se connaissaient depuis toujours et elle agissait avec lui comme s'il n'avait aucun handicap.
– Oh ! Arthur ! s'exclama-t-elle. Tu verrais toutes ces couleurs ! La forêt est magnifique !
– J'imagine. Je sens l'odeur des pins et le vent sur mon visage.
– Le sentier monte un peu, prévint-elle. Prends garde où tu mets les pieds.
– Lord fera attention pour moi.
– C'est vrai, j'oubliais. Dans ce cas, Lord, prends garde où tu mets les pattes... Le village des Ombres est là-haut, annonça Cécile. Notre prof de sciences dit que les Indiens ont vécu ici pendant des siècles.
– Que leur est-il arrivé ?

– Personne ne le sait. Ils ont disparu il y a à peu près cinq cents ans.
– Étrange, dit Arthur.
Ils avaient atteint l'orée des bois, au sommet de la colline. Cécile le conduisait à présent à travers un vaste espace. Arthur s'amusa de la caresse des hautes herbes sur ses jambes.
– C'est ici que commencent les ruines, dit Cécile en guidant Arthur vers un muret de terre sèche. Le village se trouve un peu plus haut dans les collines.
Arthur s'accroupit devant le muret pour l'explorer à sa base.
– Hé ! s'exclama-t-il.
Il venait de découvrir un petit objet pointu.
– Qu'as-tu trouvé ? demanda Cécile.
– C'est une pointe de flèche, je crois.
– Fais voir... En effet ! C'est incroyable ! Je suis venue ici des milliers de fois et je n'ai jamais rien trouvé !
– Je la garde, ça me portera chance, dit Arthur en empochant le morceau de silex.
Ils reprirent leur exploration. Peu à peu, le soleil déclinait derrière les collines.
– La nuit tombe, indiqua Cécile. Nous devrions rentrer. Nous pourrons revenir demain, si tu veux.
– Je n'ai pas peur du noir, fit remarquer Arthur. J'aimerais rester un peu. L'air est si pur et Lord ne s'est jamais promené dans des bois. Je vais le libérer quelques minutes.
– Comment ça ?

– Il travaille quand il porte son harnais, expliqua Arthur. Il s'occupe de moi et de rien d'autre. Quand je l'enlève, il sait qu'il peut s'amuser comme un chien ordinaire.
Malgré les protestations de Cécile, Arthur ôta la sangle qui maintenait le chien.
– Cours, bonhomme, lança-t-il.
Aussitôt, Lord bondit à travers le sous-bois en aboyant joyeusement.
– Il ne risque pas de se perdre ? demanda Cécile.
– Il reviendra dans la seconde si je l'appelle, affirma Arthur. Lord !
Le chien ne revint pas. Quelques instants plus tard, ils entendirent des aboiements frénétiques à quelques mètres de là.
– Il y a un problème, s'inquiéta Cécile.
– Mais non. Il a dû flairer quelque chose. Lord ? Au pied, le chien ! Cécile ? Tu le vois ?
– Oui. Il est accroupi devant un gros rocher à flanc de paroi. Mais...
Les aboiements se transformèrent alors en petits cris plaintifs et Arthur frissonna malgré lui.
– Allons-y ! cria-t-il.
Arthur s'élança maladroitement en direction du bruit. Il trébucha sur une racine en travers du chemin et tomba sur son chien. L'animal tremblait, il était terrorisé.
– Calme, murmura-t-il en le caressant.
Lord s'échappa d'un bond. Il se mit à danser autour du rocher en poussant des aboiements furieux. Le

bruit vrillait les oreilles d'Arthur. La panique le saisit alors.

– Cécile ! hurla-t-il en tournant la tête de tous les côtés. Il y a un problème !

2

– Il s'en prend au rocher, dit Cécile. Il a peut-être repéré un serpent.

– En tout cas, quelque chose l'effraie, répondit Arthur.

Lord grognait et montrait les crocs, le poil hérissé.

– Comment est-il, ce rocher ? demanda Arthur.

– Il n'a rien de particulier. Il fait à peu près un mètre de haut et il est plaqué contre la paroi. Viens, partons, la nuit tombe...

– Attends une seconde, intervint Arthur. Je veux le toucher.

Comme il s'avançait vers la roche, les grognements du chien se firent plus insistants. Brusquement, Lord bondit sur Arthur et le fit basculer.

– Couché, Lord ! ordonna-t-il

Il réajusta vivement la poignée sur le harnais du chien.

– Couché ! Calme !

Lord obéit à contrecœur, sans cesser de grogner.

– Allons-y maintenant ! plaida Cécile d'une voix anxieuse.
– Encore un instant...
Il plaqua ses mains contre la roche et découvrit bientôt une fissure profonde près de la paroi. En explorant la faille, il sentit que le rocher changeait d'aspect. Par endroits, c'était une surface lisse, mais plus loin, la roche redevenait granuleuse. La température changeait aussi. Le caillou, chauffé par le soleil, était tiède, mais plus Arthur avançait sa main dans la faille, plus la roche devenait froide.
Lord poussa soudain une longue plainte lugubre et le bloc bascula vivement sur le côté.
Arthur laissa échapper un cri de surprise. Un courant d'air vicié venait de lui fouetter le visage.
– Tout va bien ? s'inquiéta Cécile.
Il ne répondit pas. Un étrange bourdonnement montait à ses oreilles. Il n'avait jamais rien entendu de semblable. Le bruit semblait vouloir former des phrases. Comme il cherchait à les comprendre, la vibration enfla. Arthur crut qu'il était entouré par un essaim d'abeilles furieuses. Les bourdonnements diminuèrent peu à peu et Arthur prit alors conscience d'un autre bruit : Lord grognait.
Le chien le tirait par son pull et cherchait de toutes ses forces à l'éloigner de la roche.
– Arrête, Lord ! Couché !
Il tenta d'agripper la poignée du harnais, mais le chien le traîna sur quelques mètres avant qu'il parvienne à s'en emparer.

– As-tu entendu ? demanda-t-il à Cécile.
– Quoi donc ? Lord a fait un tel vacarme...
Arthur se releva et frotta ses manches. Lord avait recouvré son calme.
– J'ai cru percevoir comme... Non, rien. Ce n'est pas grave. Tu as vu bouger la roche ?
– Oui, c'était... bizarre, bredouilla Cécile. Tu l'as touchée et elle a basculé sur le côté. Comme si tu avais actionné un mécanisme. Eh ! Il y a une caverne derrière !
– Une caverne ? reprit Arthur, intrigué.
– Ah non ! Je ne resterai pas ici une minute de plus ! protesta Cécile. La nuit est presque tombée. Si nous tardons trop, nous arriverons en retard au réfectoire.
– Très bien, soupira Arthur. De toute manière, je n'y serais pas allé... Pas aujourd'hui en tout cas.
– Parfait ! approuva Cécile.
Arthur comprit que son amie était effrayée. Sur le chemin du retour, il lui demanda de décrire le paysage, dans l'espoir qu'elle oublierait l'incident. Cécile s'y employa avec force détails.
– Les bois sont essentiellement composés de pins. D'ailleurs, tu peux sentir la résine. Les collines sont rouges. Notre professeur de sciences naturelles dit que les roches de la région sont d'origine volcanique.
– Intéressant, s'exclama Arthur.
Il s'agenouilla et fouilla le tapis d'aiguilles. Il voulait toucher la terre sèche et granuleuse qui se trouvait en dessous.
– Arthur, il est tard. On voit déjà les étoiles et...

Elle étouffa un cri.
– Que se passe-t-il ? s'inquiéta Arthur, sur ses gardes.
– Derrière nous, souffla-t-elle. Quelque chose nous suit !
– Comment est-ce ?
Lord s'était remis à grogner.
– Il fait sombre, murmura-t-elle. Je ne vois qu'une forme vague, une sorte d'ombre.
– Et elle nous suit ? demanda Arthur.
– Plus maintenant, hésita-t-elle. Elle a disparu...
Cécile prit Arthur par le bras et l'entraîna à vive allure sur le chemin.
– Qu'est-ce que ça pouvait être, à ton avis ? demanda-t-elle quelques instants plus tard.
– Probablement rien, dit Arthur avec un rire rassurant. Ou une ombre entre les arbres.
– Mais, j'ai vu...
– Il ne faut pas croire tout ce que l'on voit, Cécile. Tu sais, je pense que tu prends ces histoires de fantômes un peu trop au sérieux. Regarde, même Lord est calme.
– J'ai aperçu une chose étrange, je te jure ! dit-elle, mal à l'aise. Et après ce qui vient de se passer au village des Ombres, je crois que je vais fuir cet endroit comme la peste.
– C'est dommage. C'est un coin intéressant et je compte bien y retourner dès que possible.
Ils arrivèrent au collège juste à l'heure pour le dîner. Cécile guida Arthur dans la cafétéria et ils se ren-

dirent à la table où elle avait l'habitude de prendre ses repas. Arthur fut soulagé quand il comprit que Valentin n'était pas là.

Il fit la connaissance de Marine et de Karine James, qui étaient jumelles. Tout le monde se montra très gentil et Lord suscita beaucoup d'intérêt.

– Comment sais-tu ce que tu manges ? demanda brusquement Marine. Tu sembles savoir où sont les aliments.

– Marine ! protesta Cécile, embarrassée pour son ami.

– Ce n'est rien, la rassura Arthur.

Il expliqua à Marine qu'il avait demandé au serveur de lui disposer la nourriture comme sur un cadran d'horloge.

– En haut, à midi, il y a la viande. En bas, à six heures, j'ai la salade. Les haricots verts et les pommes de terre sont respectivement à neuf heures et à trois heures.

– C'est efficace, répondit simplement Marine.

Arthur réalisa qu'elle ne trouvait pas cela bizarre ou étrange, seulement intéressant.

– Arthur peut tout faire comme nous, lança Cécile avec fierté. Seulement il le fait à sa manière.

Après dîner, Arthur accompagna Cécile et les jumelles au foyer. Ils entamèrent une partie de Monopoly. Pendant ce temps, Lord paressait tranquillement sous la table.

Ce soir-là, quand Lord le reconduisit vers les dortoirs, Arthur éprouva une grande satisfaction.

« Je peux m'intégrer dans cette école, pensa-t-il. Je suis un garçon comme les autres. »
En rentrant dans sa chambre, Arthur perçut une respiration lente et régulière : Valentin dormait déjà. Il se déshabilla en silence et se glissa sous les draps. Lord s'allongea tranquillement au pied du lit. Arthur ne savait pas si cela était dû à la longue promenade ou aux nouvelles rencontres, mais il était exténué. Il se tourna sur le côté, inspira profondément et s'endormit d'un coup.
Hélas, son repos fut de courte durée. Arthur rêva bientôt qu'un essaim de guêpes furieuses l'avait pris en chasse. Il courait à perdre haleine et luttait pour éloigner les insectes. Il se réveilla en sursaut, frissonnant. Il réalisa alors que le bourdonnement du rêve était le même que celui qui l'avait assailli près de la roche. L'instant d'après, Lord aboyait comme un forcené.
– Tu ne peux pas faire taire ton chien ? grommela Valentin d'une voix embrumée de sommeil.
– Lord ! Calme ! ordonna Arthur.
Rien n'y fit, Lord grogna de plus belle.
– Je croyais qu'il était dressé, ironisa Valentin.
– Il l'est, affirma Arthur avec embarras. C'est sans doute parce qu'il est dans une nouvelle chambre, avec un étranger.
– J'espère qu'il s'habituera vite, répliqua Valentin. J'aimerais dormir tranquille.
Il s'interrompit soudain et poussa une exclamation de surprise.

– Hé ! lança-t-il. Pourquoi as-tu ouvert la fenêtre ?
– Ce n'est pas moi ! protesta Arthur.
– Elle ne s'est pas ouverte toute seule, grommela Valentin. On va geler ici.
Arthur l'entendit se lever et refermer la fenêtre.
Soudain, Lord bondit hors du lit.
– Arthur, ton chien est devenu fou ! dit Valentin d'une voix tremblante. Il grogne et il saute vers le plafond. Mais il n'y a rien là-haut !

3

FROID. Le danger était sombre et froid.
Le danger avait jailli des ténèbres derrière la roche et il avait reconnu son odeur. Il avait aussi entendu le bruit du danger.
Il semblait très vieux, aussi vieux que le monde. Le danger s'était éveillé d'un long, très long sommeil. À présent, il reprenait des forces.
Le danger s'était déjà trouvé une nouvelle proie.
Il voulait le Garçon, et il ne s'arrêterait pas avant de l'avoir pris.

4

Arthur étouffa un bâillement en traversant la pelouse du collège. Il avait mal dormi et il était de mauvaise humeur.

– Attention !

Arthur entendit l'avertissement en même temps qu'il reçut un coup sur la nuque.

– Excuse-moi ! dit une voix vaguement irritée. Tu n'as pas vu que nous jouions au Frisbee ?

– Je ne vois pas, répondit Arthur en se massant l'arrière du crâne.

– Ah... Tu es l'av... le nouveau, poursuivit la voix. Désolé, je ne voulais pas...

– Ce n'est rien, trancha Arthur. Il n'y a pas de mal.

– Je m'appelle Jérôme Moser. Je peux te conduire, si tu veux.

– Je n'ai pas besoin d'aide, répliqua Arthur. Mon chien me suffit... Merci quand même.

Il savait que le garçon ne pensait pas à mal, mais

parfois il aurait souhaité qu'on le traite comme une personne ordinaire.

La veille, Cécile l'avait emmené faire le tour des classes. Ensemble, ils avaient parcouru le trajet qui mène jusqu'au long bâtiment où avaient lieu la majorité des cours. Arthur et Lord avaient plusieurs fois arpenté les couloirs afin que le garçon mémorise les différentes salles.

En première heure, il avait un cours de mathématiques. Pendant que le professeur parlait, Arthur prenait des notes sur sa machine à écrire en braille.

Ses livres de classe étaient aussi écrits en braille, mais, pour les documents de la bibliothèque, il aurait besoin qu'on lui fasse la lecture. Cécile ou les jumelles accepteraient sûrement de lui rendre ce service.

Après les maths, il suivit un cours d'histoire, puis d'anglais. En dernière heure, sa classe avait étude. La plupart des élèves se plaignaient du travail considérable que le collège leur imposait. Arthur, quant à lui, trouvait cela normal. Il avait l'habitude de fournir plus d'efforts que les autres.

Après le déjeuner, il avait un cours d'éducation physique. Il se rendit au gymnase bien avant ses camarades afin de se changer en paix. Il voulait à tout prix éviter qu'on lui propose de l'aide. Il trouva aisément son vestiaire, situé à l'extrémité de la rangée. Une fois en tenue de sport, il referma son cadenas et accrocha la clef à sa chaînette autour du cou.

Il comprit à l'écho de ses pas sur le plancher que la

salle était vide. Il décida de faire quelques pompes pour se mettre en condition avant le début du cours. Il entamait sa huitième série de dix, quand la porte du gymnase s'ouvrit avec un léger grincement.

– Bonjour !

C'était une voix d'adulte, claire et grave à la fois.

– Soixante-dix-neuf, quatre-vingt, compta Arthur avant de se relever.

– Le cours ne débute que dans quinze minutes, dit la voix avec une pointe d'amusement.

– Je sais, répondit Arthur. J'aime bien me maintenir en forme.

– Dommage que tout le monde ne soit pas comme toi, dit la voix. Je suis monsieur Tam, le prof de gym.

– Arthur McCormack...

– Et qui est ce superbe berger allemand ?

– C'est Lord.

Le chien se mit à battre joyeusement de la queue.

– Nous allons surtout travailler des exercices au sol pendant ce semestre, poursuivit le professeur.

– Super, se réjouit Arthur. Je n'ai pas souvent eu l'occasion de pratiquer la gym.

– Pourquoi cela ?

Arthur haussa les épaules d'un air résigné.

– C'est à cause de mes parents, je crois. Ils sont très protecteurs. Avec eux, je n'avais pas la possibilité d'essayer de nouveaux sports.

– Je les comprends un peu, dit M. Tam. Mais, d'un autre côté, tu ne pourras rien apprendre sans essayer. Alors, quel sport aimerais-tu pratiquer ?

Arthur n'en croyait pas ses oreilles. M. Tam le considérait comme un élève normal. Il réfléchit un instant avant de parler :
– J'aimerais bien apprendre à nager.
– Pas de problème. Seulement, nous n'irons pas à la piscine avant le prochain semestre. Il faudrait que tu choisisses autre chose pour maintenant.
– Je ne sais pas, hésita Arthur.
– J'ai une idée. Je m'occupe aussi du club d'alpinisme. Nous nous rassemblons trois fois par semaine après les cours. Tu aimerais essayer ?
– Oh oui ! s'exclama Arthur. Mais vous pensez que je saurai ?
– Nous verrons pour l'escalade. Ça pourrait être dangereux. Mais rien ne s'oppose à ce que tu fasses du rappel.
– C'est quoi ? demanda Arthur.
– Tu sais en quoi consiste l'escalade ?
– On grimpe à une paroi en s'aidant de ses mains et de ses pieds.
– Oui. En général, il faut beaucoup de temps pour atteindre le sommet. Le rappel permet de redescendre rapidement. Pour cela, tu portes un harnais accroché à une corde et tu descends en faisant des petits bonds contre la paroi.
– Sympa ! dit Arthur. Et vous croyez que je pourrai le faire ?
– Sans problème. Nous utilisons du matériel de sécurité et, puisque tu es capable d'enchaîner quatre-vingts pompes, tu es assez robuste. C'est tout ce qui

compte. Nous commencerons demain. Tu seras des nôtres ?

– Oui, bien sûr ! s'exclama Arthur.

Arthur avait hâte de raconter à Cécile sa rencontre avec M. Tam. Il était si excité qu'il ne remarqua pas le brusque changement de la température en fin d'après-midi. Au loin, de lourds nuages noirs assombrissaient le ciel et une brise froide soufflait sur les collines.

« Tout se passe à la perfection, pensa-t-il. Exactement comme je l'avais souhaité. »

En dernière heure, Arthur se rendit en classe de latin. Karine et Valentin suivaient aussi ce cours. Arthur prenait des notes sur sa machine quand, soudain, Lord se mit à grogner.

– Non, Lord, calme, murmura-t-il.

Lord se tut, mais il recommença bientôt, plus fort cette fois-ci.

Pendant quelques minutes, le professeur et la classe firent semblant d'ignorer le chien, mais Arthur comprit vite, aux mouvements qu'il percevait tout autour de lui, que Lord perturbait le cours.

– Arthur, intervint finalement Mlle Hicks. Je crois que ton chien a besoin de sortir.

En réponse, Lord aboya vivement. Arthur se leva, très embarrassé :

– Je ne sais pas ce qui lui arrive. Je suis désolé.

– Sans doute est-ce la joie de suivre sa première journée de cours, plaisanta le professeur.

– Peut-être bien. Je le ramène dans ma chambre.

Valentin, qui se trouvait à la table derrière lui, se leva à son tour :
– Je les accompagne. J'aiderai Arthur à retrouver son chemin.
Arthur aurait voulu disparaître dans un trou de souris. Quoi qu'il en soit, il devait accepter son aide. Sans Lord, il aurait sans doute du mal à revenir.

Quand Arthur regagna sa chambre après les cours, Lord manifesta sa joie. Il ne tenait pas en place et gémissait sans cesse. Arthur lui ordonna de s'asseoir. Lord obéit, mais, au cliquetis de son harnais, Arthur comprit que le chien était énervé.
– Que se passe-t-il, bonhomme ? demanda doucement Arthur.
Il enfouit ses doigts dans le pelage soyeux du berger allemand. En réponse, Lord poussa des petits cris plaintifs.
On frappa à la porte.
– Entrez.
– Salut ! lança Cécile. Alors, comment s'est passée la journée ?
– Plutôt bien. Et la tienne ?
– Ça va, sauf en anglais, répondit-elle. J'ai Mlle Harvey, et c'est une tueuse. Dommage que nous n'ayons pas de cours ensemble.
– C'est vrai, admit Arthur.
Il raconta que M. Tam lui avait proposé de venir à son club d'alpinisme.
– C'est chouette ! approuva Cécile. M. Tam est très

gentil et il a un sourire craquant. Toutes les filles l'adorent.

– Pourquoi ne viendrais-tu pas avec nous ? proposa Arthur.

– J'aurais bien aimé, mais je suis déjà inscrite en escrime. Et comment s'est comporté ce bon vieux Lord ? Je suis sûre qu'il est très doué en maths.

– Il a été parfait, dit Arthur avec un large sourire. Sauf en dernière heure, pendant le cours de latin.

Arthur décrivit à son amie l'étrange attitude de son chien durant le cours.

– Bizarre, en effet, conclut Cécile.

– Je suppose qu'il n'est pas encore habitué à se rendre en classe.

– Peut-être, admit Cécile, dubitative. On ne sait pas pourquoi, mais les animaux ont souvent des comportements très étranges dans la Vallée fantôme.

– C'est encore une de tes histoires ? ironisa Arthur.

– Non, je suis sérieuse, affirma Cécile. C'est peut-être l'air des montagnes qui les énerve. Quoi qu'il en soit, je connais un excellent moyen de le calmer.

– Lequel ?

– Le temps est à la pluie, mais si tu veux prendre le risque, nous pourrions l'emmener courir dans les champs derrière le collège.

– Excellente idée, approuva Arthur.

« Mes parents feraient une attaque cardiaque s'ils me voyaient en ce moment », pensa Arthur.

Cécile et lui bondissaient par-dessus les fleurs sau-

vages dans le vaste espace derrière le collège. Bien que le terrain fût accidenté, à aucun moment il ne perdit l'équilibre. Lord appréciait lui aussi cette escapade. Il courait tout autour d'eux et aboyait joyeusement.
– C'est génial ! s'exclama Arthur.
– Je sais. Allez, suis-moi, on court vers la forêt !
Bien plus tard, épuisés et ravis, les deux amis regagnèrent le collège. Lord avait retrouvé son calme. Après tout, peut-être avait-il seulement besoin d'exercice.
– Nous n'avons pas vu le temps passer, dit Cécile. Il fait presque nuit.
Ils longeaient l'allée à l'arrière des bâtiments quand Lord bondit brusquement sur le côté et tenta d'entraîner Arthur hors du sentier.
– Que se passe-t-il, Lord ? s'étonna Arthur. Cécile ? Tu vois quelque chose ?
– Non. La voie est libre.
– Allez, le chien, dit Arthur en rejoignant l'allée.
Lord obéit à contrecœur, mais il avançait à petits pas hésitants. Bientôt, il se mit à grogner.
– Quel est le problème, Lord ? demanda Arthur.
– Qu'est-ce qu'il a ?
– Je n'en sais rien. Cela ne lui ressemble pas.
Au bout de quelques mètres, Lord fit de nouveau un brusque écart sur le côté et Arthur faillit perdre l'équilibre.
– Calme, Lord ! cria-t-il.
– Nous sommes près des bâtiments à présent, indi-

qua Cécile. Il va peut-être se calmer à l'int...
Le reste de la phrase se perdit dans un bourdonnement sourd. Arthur reconnut ce bruit étrange. Il l'avait déjà entendu près de la roche, puis dans sa chambre, la veille au soir. Au même instant, une vague de froid le submergea et Cécile poussa un hurlement strident.
– Arthur ! Attention !

5

Au même instant, Lord bondit sur Arthur, qui tomba lourdement sur la pelouse. Le jeune garçon perçut alors un bruit sourd à l'endroit même où il se trouvait quelques secondes auparavant.
– Arthur ! hurla Cécile. Tu n'as rien ?
Le garçon se releva, un peu hébété.
– Ça va, dit-il. Que s'est-il passé ?
– Une pierre vient de tomber du toit. Elle est grosse comme une télé. Sans l'intervention de Lord, tu serais dessous.
– Une pierre ? s'étonna Arthur.
– On dirait un morceau de la cheminée.
Un petit attroupement se formait déjà autour d'eux. « Le chien lui a sauvé la vie », entendit-il.
Arthur reconnut aussitôt la voix de Monique, une amie de Cécile.
– S'il ne l'avait pas bousculé, la pierre lui aurait fracassé le crâne, reprit-elle.
– Merci, Lord, murmura Arthur en le caressant.

– Que se passe-t-il ici ? demanda Mme Danita.
La directrice écouta, horrifiée, le récit de l'accident. Aussitôt, elle interdit l'accès à ce périmètre jusqu'à ce que les cheminées et les toits aient été vérifiés.
– Il se fait tard, ajouta-t-elle. Que tout le monde se rende au réfectoire.
Elle reporta son attention sur Arthur et le prit doucement par l'épaule.
– Je suis désolée de ce qui vient d'arriver. Tu devrais aller à l'infirmerie.
– C'est inutile, Madame, répondit Arthur avec gêne. Je vais bien, je vous assure.
– Tout va pour le mieux, dans ce cas, répondit-elle.
Arthur perçut une pointe d'inquiétude dans la voix de la directrice.
Ce soir-là, un calme inhabituel régnait dans le réfectoire. Tout en mangeant, Arthur se demanda combien d'étudiants avaient entendu parler de l'accident. Il tenta de se convaincre qu'il n'était pas l'objet de tous les regards, mais cela ne l'aida pas à se rassurer.
– Nous ne pourrons pas faire de feu au foyer ce soir, annonça la directrice en fin de repas. Par mesure de sécurité, le concierge a monté un échafaudage autour de la cheminée. Des spécialistes viendront demain constater l'ampleur des dégâts. M. Raines pense que la maçonnerie est encore solide. Il ne comprend pas ce qui a provoqué cette chute et il affirme que cela ne devrait pas se reproduire. Quoi qu'il en soit, je suis heureuse que personne n'ait été blessé.
Cette fois, Arthur sut que tous les regards de l'assis-

tance étaient portés sur lui. Il rougit et baissa la tête d'un air coupable. Cécile, qui était assise près de lui, comprit son embarras et lui prit doucement le bras. Arthur lui sourit tristement. Il se serait bien passé de toute cette publicité.

Ce soir-là, dans son lit, Arthur repensa aux propos de la directrice. Il ne croyait pas à un simple accident. Lord avait commencé à tirer sur sa bride bien avant la chute de la pierre. Savait-il ce qui allait se produire ? Et puis, d'où venait cet étrange bourdonnement ? Et ce froid intense qui l'avait assailli avant que Lord le sauve ?

« Arrête, Arthur, se dit-il. Tu ne vas tout de même pas croire à ces histoires de fantômes. »

Et si elles étaient vraies malgré tout ? Et si lui, Arthur, était poursuivi par une force démoniaque, un esprit du mal ? Mais, pourquoi s'en prendrait-il à lui ? Parce qu'il possédait un chien ?

Une idée s'imposa alors. C'était peut-être à cause du rocher qu'il avait déplacé la veille. Lord avait changé d'attitude dès cet instant. Et c'est aussi à ce moment-là qu'il avait entendu le bourdonnement et ressenti le froid pour la première fois.

Toutes ces choses, le bruit, le froid, le comportement de son chien étaient peut-être liées au rocher.

Il n'y avait qu'un seul moyen de le savoir : il devait vérifier sur place.

– Je n'arrive pas à croire que tu veuilles y retourner, s'étonna Cécile comme ils reprenaient le chemin du village des Ombres.

– Et pourquoi pas ? répondit Arthur. Ce n'est pas bien loin, et puis tu m'as dit que le village se trouvait dans le périmètre autorisé autour de l'école.
– Je sais, mais l'ambiance y est si étrange, surtout quand le ciel est noir comme aujourd'hui. Et nous allons manquer le déjeuner.
– Dans ce cas, tu as bien fait d'emporter des sandwichs, répondit Arthur, qui mangeait déjà le sien avec appétit.
– Ta théorie sur le rocher est totalement démente, poursuivit Cécile. D'accord, le village est un endroit bizarre, mais...
Elle soupira, voyant qu'Arthur ne l'écoutait pas.
– Après tout, cela nous fera une promenade.
Arthur lui sourit. L'air était si pur dans la Vallée fantôme qu'il pouvait sentir des centaines d'arômes différents portés par la brise. Même Lord semblait apprécier la balade.
Ils progressaient tranquillement en direction des collines quand, soudain, Lord s'assit de lui-même.
– Lord ? Que fais-tu ? demanda Cécile.
– Allez, le chien, on repart, ordonna Arthur.
Lord se remit en route, mais il se mit bientôt à gémir.
– Il recommence, dit Cécile.
Arthur haussa les épaules.
– Il doit sentir qu'on s'approche du rocher.
Le comportement du chien changea à mesure qu'ils avançaient. Il commença à grogner et à tirer sur son harnais, comme s'il voulait rebrousser chemin. Cette attitude ne fit que renforcer la détermination d'Arthur.

– Lord ! cria-t-il. C'est moi le maître ! Nous allons où je veux !
– Nous sommes bientôt arrivés. Le rocher se trouve au sommet de cette crête, annonça Cécile.
– J'en suis heureux. Lord devient intenable.
Il avait à peine achevé sa phrase que le chien bondit sur la droite.
– Lord ! protesta Arthur en se raidissant.
Il dut se projeter en arrière pour retenir l'animal. Lord s'assit, mais il aboya si fort que Arthur en eut mal aux oreilles.
– Nous devrions peut-être l'attacher, proposa Cécile. Je peux te conduire jusqu'aux ruines.
– Bonne idée, approuva Arthur. Je ne sais pas ce qui lui prend ! Plus nous approchons du rocher, plus il devient nerveux.
Arthur donna à Cécile sa laisse pour qu'elle attache le chien à un tronc sur le bas-côté du chemin. Cela ne prit qu'un instant.
– Sois sage, bonhomme, dit-il d'une voix apaisante. On revient dans cinq minutes.
Comme Cécile prenait Arthur par le bras pour l'entraîner vers la colline, Lord aboya avec rage. Ils avaient à peine fait un pas que le chien bondit pour leur couper la route. Arthur entendit alors un claquement de mâchoires à hauteur de son visage.

6

Cécile empoigna Arthur par le bras et l'attira vivement vers elle.
– Je ne peux pas le croire ! s'écria-t-elle. Lord a essayé de te mordre !
– Couché ! ordonna Arthur d'une voix tremblante.
Lord obéit. Prenant appui sur son amie, Arthur s'agenouilla près de l'animal et caressa son poitrail. Il tremblait et haletait comme si quelque chose l'avait effrayé.
Plutôt que de le réprimander, Arthur s'efforça de le rassurer.
– Tu n'as rien à craindre, dit-il sur un ton apaisant. Personne ne te veut de mal. Il n'y a que Cécile et moi.
– Il n'a peut-être aucune raison d'avoir peur, lui, intervint Cécile. Mais toi ? Il a failli te mordre !
– Je suis sûr que non, affirma Arthur. Il cherchait à m'arrêter. Pour une raison mystérieuse, il ne veut pas que je m'approche du rocher.

– Dans ce cas, il a réussi, conclut Cécile en détachant Lord. L'heure du déjeuner est bientôt terminée. Nous devons retourner au collège.
Arthur céda, légèrement déçu.
– Viens, Lord, nous repartons.
Sur le chemin du retour, le jeune garçon pouvait sentir la queue de son chien qui battait joyeusement contre sa jambe. Il espéra qu'il se calmerait avant d'arriver aux bâtiments. Mais, comme ils descendaient la colline, Lord s'arrêta à plusieurs reprises et scruta les alentours en humant l'air. Quelque chose continuait de le perturber.
À l'approche du collège, Cécile prit la parole.
– Ce que je vais te dire ne me fait pas plaisir. Mais tu devrais conduire Lord chez un vétérinaire. Ce n'est pas normal qu'il cherche à mordre.
– Il est simplement un peu énervé, affirma Arthur. Je vais le laisser dans la chambre cet après-midi pour qu'il se calme.
Il avait à peine achevé sa phrase que Lord recommençait à gémir. Décidément, quelque chose n'allait pas.
De retour dans sa chambre, Arthur ôta le harnais de son chien et l'attacha à une laisse. Il l'accrocha au pied de son lit à proximité de son bol d'eau et de sa nourriture.
– Calme-toi, bonhomme. Tu as besoin de repos.
Lord s'allongea sur la carpette. Il poussait des petits gémissements quand Valentin pénétra dans la chambre.

– Qu'est-ce qu'il a encore, ce chien ? Je commence à croire qu'il déteste l'école.
– Il est fatigué, répondit Arthur. Je vais le laisser ici pour l'après-midi.
– Encore ? s'étonna Valentin. Et toi ? Comment vas-tu faire ?
– J'utiliserai ma canne.
Arthur alla vers sa penderie et décrocha la longue canne blanche suspendue à la porte.
– Comment feras-tu pour trouver tes classes ? demanda Valentin.
– C'est plus simple quand Lord m'accompagne, admit Arthur. Mais je connais le nombre de pas qui me séparent du rez-de-chaussée et ceux qui mènent à l'entrée. Je devrais trouver l'annexe sans problèmes.
– Tu es sûr ? demanda Valentin. Quel est ton prochain cours ?
– Gymnastique.
– Super ! C'est sur ma route. Viens, je vais t'y conduire.
– Ce n'est pas la peine, protesta Arthur.
– Mais si, cela ne me gêne pas, insista Valentin. Allons-y maintenant. La cloche ne va pas tarder à sonner.
Il l'empoigna par le coude et le traîna pratiquement hors de la chambre. Arthur enrageait intérieurement. Il entendit à peine les plaintes de son chien comme ils s'éloignaient dans le couloir.
Le plaisir de se retrouver en classe de gymnastique lui fit presque oublier l'insistance de son camarade

de chambre et les sautes d'humeur de Lord. Il se lança à corps perdu dans les exercices au sol et élimina de cette manière la tension accumulée durant ces dernières heures.

Le cours s'acheva trop rapidement à son goût. Il s'apprêtait à partir en classe de latin quand une main s'abattit sur son épaule. Sa bonne humeur retomba aussitôt.

– C'est moi, Valentin ! J'ai pensé que je pourrais te conduire en latin.

– C'est gentil, dit Arthur. Mais je ne crois pas...

– Pas de problème ! s'exclama Valentin en entraînant déjà Arthur. Tu ferais la même chose pour moi si j'étais aveugle.

Arthur ne prit même pas la peine de répondre. L'avenir s'annonçait mal. Valentin insisterait pour l'accompagner au sortir du cours, et ainsi de suite jusqu'au soir. Au train où se déroulaient les événements, il aurait pu tout aussi bien ne jamais quitter sa maison.

« Il vaut mieux résoudre ce problème au plus vite avant que ça empire », conclut Arthur à la fin du cours.

Valentin l'avait déjà rejoint.

– Je ne rentre pas maintenant, lui dit Arthur. Je me suis inscrit à un club.

– Ah oui ? Lequel ? Je peux t'y conduire si tu veux.

– Escalade.

– Quoi ? s'exclama Valentin, stupéfait.

Il marqua un temps d'arrêt et éclata de rire.

– Non, sans plaisanter ! C'est quoi ? Les échecs ?
– Il s'agit bien de l'escalade. M. Tam m'a proposé d'en faire partie.
– C'est de la folie ! cria Valentin. Tu vas te rompre le cou !
– Pourquoi ? Parce que je suis non-voyant ?
– Ce... ce n'est pas ce que je voulais dire, bafouilla Valentin. C'est dangereux. Moi-même je ne le ferais pas.
– Beaucoup de sports sont dangereux, fit remarquer Arthur. Il suffit de faire attention. Pour l'escalade, il faut être robuste, et M. Tam m'a affirmé que je n'avais aucun problème de ce côté-là.
– C'est vrai, admit Valentin. Où devez-vous vous retrouver ?
– M. Tam dit qu'il y a une falaise aménagée derrière l'école.
– Oui, c'est la colline à l'orée des bois. Allons-y, c'est sur mon chemin.
Valentin le prit par le bras, mais, cette fois, Arthur remarqua qu'il lui laissait plus de liberté dans ses mouvements.
Ils arrivèrent bientôt en vue de la falaise et M. Tam les accueillit d'un salut amical.
– Alors, Arthur ? Prêt pour une petite descente ?
– Plus que jamais ! s'exclama-t-il.
Le professeur lui présenta les autres membres du club. Il y avait là cinq filles et trois garçons qui, comme lui, avaient hâte de commencer.
M. Tam se tourna alors vers Valentin :

– Tu te joins à nous cette année, Valentin ?
– Euh, non, bredouilla-t-il. J'accompagne Arthur.
– Comment cela ? s'étonna le professeur. Tu comptes descendre la falaise avec lui ?
– Ah ! Ça non !
La vivacité de sa protestation provoqua l'hilarité du groupe.
– Je veux juste regarder, voir comment ça se passe, reprit Valentin.
Arthur grimaça, embarrassé par le silence qui s'ensuivit. M. Tam s'éclaircit la gorge.
– Désolé, Valentin. Nous sommes tous un peu nerveux avant de commencer et ta présence n'arrangera rien. Si tu veux te joindre à nous, tu es le bienvenu, sinon je dois te demander de partir.
Valentin s'apprêtait à protester, mais le professeur l'interrompit d'un geste.
– Inutile d'argumenter. À présent, qui veut passer en premier ?
Tout à sa hâte de commencer, Arthur entendit à peine Valentin qui s'éloignait en maugréant. Il s'avança pour se porter volontaire. Aussitôt, M. Tam le saisit par l'épaule.
– Nous devrons peut-être écourter la séance, dit-il en levant les yeux vers le ciel. Le temps est à l'orage.
Arthur avait senti l'humidité de l'air. Il aimait bien le contact de la pluie sur son visage.
M. Tam lui montra comment passer le harnais de sécurité et Arthur ajusta les sangles de cuir qui se croisaient sur sa poitrine. Tout en le conduisant

au sommet, par le sentier qui grimpait le long de la colline, M. Tam lui expliqua les notions de base du rappel.

– ... Je vais t'accrocher une corde de sécurité. Comme ça, je pourrai te retenir si jamais tu descends trop vite. C'est indispensable pour tous les débutants. Pour commencer, tu t'allonges sur le ventre et tu laisses pendre tes pieds dans le vide. Tu descends un peu le long de la paroi et tu te propulses en arrière, jambes bien écartées. Tu vas contrôler ta chute à l'aide de la corde qui passe dans ces petits anneaux de métal. On les appelle des mousquetons. Je te rappelle la marche à suivre : tu laisses aller la corde, tu te propulses, tu retombes. Tu laisses aller la corde, tu te propulses, tu retombes, et ainsi de suite. Ne t'élance pas trop fort pour commencer. Et n'oublie pas que je suis là avec la corde de sécurité s'il y avait le moindre problème.

Le cœur battant, Arthur se laissa glisser le long de la paroi et, appliquant à la lettre les instructions du professeur, il commença à descendre en rappel.

– C'est bien, Arthur, cria M. Tam au-dessus de lui. Tu es déjà arrivé à mi-chemin.

Arthur n'en croyait pas ses oreilles. Il était déjà à mi-parcours ! C'était pourtant la première fois qu'il s'essayait à ce genre d'exercice.

« La plupart des non-voyants ne pourraient pas faire cela, pensa-t-il avec une pointe de fierté. D'ailleurs ils n'y songeraient même pas. Même certains voyants ne pourraient pas le faire. »

Les autres membres du club l'encourageaient à mesure qu'il se rapprochait du sol. Soudain, une grosse goutte de pluie s'écrasa sur son front.
« Le soleil doit être totalement masqué par les nuages », pensa-t-il.
Malgré l'effort, Arthur ressentait la fraîcheur de l'air.
C'est alors qu'il entendit ce bourdonnement aigu, semblable à une nuée d'abeilles. Le vacarme vrillait ses oreilles.
– Continue ! Tu es presque en bas ! hurla M. Tam.
La voix du professeur couvrit le grondement et Arthur fit doucement glisser la corde entre ses mains. Il aurait voulu que cette expérience n'ait jamais de fin. L'averse s'abattit sur lui et le bourdonnement s'amplifia encore. Soudain, il réalisa que la corde vibrait, elle aussi. Un instant plus tard, il entendit un claquement sec.
Arthur sentit alors qu'il tombait.

7

Pendant une interminable seconde, Arthur partit en arrière. Aussitôt, la corde de sécurité ralentit sa chute. Il rebondit contre la paroi et fut ballotté pendant quelques instants, jusqu'à ce que ses mains agrippent une prise. Plaqué contre la roche, il s'appliqua à respirer lentement pour recouvrer son calme. La voix de M. Tam retentit au-dessus de lui. Elle semblait terriblement lointaine.

– Arthur ! Ne bouge plus ! Tu te trouves à seulement trois mètres du sol. Attends-moi, je vais te rejoindre !

– D'accord ! cria Arthur en s'efforçant de dissimuler ses craintes.

Peu à peu ses muscles se raidissaient. Trois mètres, ce n'était pas beaucoup, mais une chute de cette hauteur pouvait être fatale. Il évita d'y penser. Dans quelques minutes, tout serait fini. L'averse qui lui mouillait le visage eut aussi un effet relaxant. Accroché à la paroi sous cette pluie battante, il repensa à l'étrange bourdonnement qui l'avait entouré en

même temps que cette vague de froid. La corde elle-même avait vibré avant de rompre. Tous ces événements étaient-ils liés à sa chute ?
Arthur perçut de nouveau du bruit au-dessus de lui. Ce n'était que M. Tam qui lui venait en aide. Quelques secondes plus tard, la voix du professeur résonnait à son côté.
– Je suis près de toi, murmura-t-il doucement. À présent, tu vas pivoter un peu sur la droite et passer tes bras autour de mon cou.
Arthur acquiesça. Quelques instants plus tard, il touchait enfin le sol, après avoir achevé la descente sur le dos du professeur.
– Tout va bien ? s'inquiéta M. Tam.
– Oui, oui, ça va, répondit Arthur en essuyant la pluie de son visage.
– Désires-tu aller à l'infirmerie ?
– Non, merci, je vais très bien, je vous assure.
– Parfait, soupira M. Tam. À présent, laisse-moi examiner ton harnais.
Arthur ôta son équipement et le lui tendit. Son professeur l'inspecta, tandis que le groupe se repliait à la hâte vers le gymnase pour se protéger de l'averse.
– Je ne comprends pas, dit-il finalement. On croirait que la corde a cédé.
– C'est possible ? demanda Arthur.
– Cela n'aurait pas dû arriver. Cet équipement est tout neuf. C'est insensé.
« Ça, c'est sûr... », pensa Arthur.
D'abord, un bloc de pierre avait chuté du toit et failli

l'écraser. Puis cette corde qui se rompait sans raison. Sans compter l'étrange comportement de Lord.

« Pourquoi tous ces événements bizarres ? pensa Arthur. Et pourquoi en suis-je la cible ? »

Tout se passait comme si quelqu'un ou quelque chose lui voulait du mal. Ça n'avait aucun sens.

La pluie ayant interrompu la séance, M. Tam rassembla les étudiants dans le gymnase et leur donna des serviettes pour qu'ils puissent se sécher. Pour occuper le temps qui restait, il leur parla des différentes techniques de rappel. Arthur s'efforça de se concentrer sur les paroles du professeur.

– ... Pour mieux assurer vos prises, vous devez fortifier vos mains, dit finalement le professeur. Pour cela, vous pouvez pétrir une balle de tennis, tout en regardant la télé, par exemple. Plus vous serez forts, plus vous serez à l'aise pendant l'escalade.

En dépit de ses soucis, Arthur écoutait, fasciné, les conseils de M. Tam.

« Je peux faire cela », se dit-il à plusieurs reprises au cours de l'exposé.

– C'est tout pour aujourd'hui, conclut M. Tam. Nous nous reverrons après-demain au pied de la falaise.

Arthur s'apprêtait à demander au professeur quand il pourrait s'essayer à l'escalade, mais Valentin le coupa dans son élan.

– Alors ? Tout s'est bien passé ? demanda son camarade de chambre.

– Bien, répondit Arthur, d'un ton las. C'était même amusant.

– Tu aurais dû voir ça, intervint une des filles du groupe. Arthur était super, jusqu'à ce que la corde casse.
– Quoi ? s'exclama Valentin d'une voix suraiguë. Que s'est-il passé ?
Il était inutile de lui dissimuler la vérité. D'une manière ou d'une autre, Valentin finirait bien par l'apprendre. Il valait mieux que ce soit de la bouche d'Arthur. Il s'efforça de lui conter sa mésaventure en gardant un ton dégagé.
– Ouaah ! s'exclama Valentin. La corde a lâché ? C'est un miracle que tu aies survécu !
– M. Tam me retenait avec la corde de sécurité. Il ne pouvait rien m'arriver. Je suis persuadé que cela ne se reproduira pas la prochaine fois.
– Tu comptes recommencer ? dit Valentin, totalement stupéfait.
– Bien sûr, répondit Arthur. Et, si M. Tam l'autorise, je voudrais même essayer l'escalade.
– Bravo, tu as du courage.
Arthur avait perçu de l'admiration dans la voix de Valentin et il ne put s'empêcher de sourire pendant tout le trajet. Ils arrivèrent bientôt devant leur porte.
– Valentin, je te remercie de m'avoir accompagné cet après-midi, dit Arthur.
– Aucun problème. C'est quand tu veux.
« On finira peut-être par devenir amis », songea Arthur.
Son compagnon de chambre devenait de plus en plus humain à ses yeux. Peut-être...

Valentin ouvrit la porte et poussa un hurlement. Arthur, qui était perdu dans ses pensées, sursauta brusquement.

– Non ! Ce n'est pas vrai ! Qu'est-ce qu'il a fait !

8

– Ton maudit chien a tout détruit ! hurla Valentin.

– Que se passe-t-il ? demanda Arthur, qui était resté sur le pas de la porte.

Valentin laissa tomber ses livres sur le sol et Lord poussa un gémissement plaintif.

– Dis-moi ce qui se passe, s'il te plaît !

– Ma maquette de la Vallée fantôme ! s'exclama Valentin. Elle est complètement fichue. Et c'est à cause de ton chien !

Le sang d'Arthur ne fit qu'un tour. Il s'avança dans la pièce et marcha sur quelque chose. En se baissant, il comprit qu'il venait de piétiner le collège de Chilleen, ou du moins ce qu'il en restait. La fine structure avait été rompue en deux. Arthur s'avança jusqu'à la maquette pour vérifier par lui-même.

L'ouvrage était en piteux état. Les rues, les collines, les bâtiments étaient écrasés, déchirés. Çà et là, un arbre ou un rocher avaient échappé à la destruction.

– C'est peut-être réparable ? demanda timidement Arthur.
– Oui, bien sûr ! Mais ça va prendre des semaines ! Tout est à refaire à cause de ton maudit chien !
– Lord n'a pas pu faire ça, affirma Arthur.
– Ah oui ? Qui donc alors ? Il était seul dans la chambre !
– Je l'avais attaché au pied de mon lit.
– Apparemment, il s'est libéré, rétorqua Valentin.
– La laisse a dû se défaire. Mais ce n'est pas lui, Valentin. Il a été dressé et il n'a jamais rien détruit jusqu'ici.
Comme en réponse, Lord se mit à gémir.
– S'il est si bien dressé, pourquoi ne peux-tu pas le contrôler ? dit Valentin.
– Je suis désolé de ce qui s'est passé, mais Lord ne peut être...
– Arrête de défendre ce stupide animal ! répliqua Valentin. Je sais que tu n'y es pour rien, mais tu ferais bien de trouver un autre chien !
Arthur allait de nouveau s'excuser quand il entendit la porte se fermer avec fracas. Valentin venait de quitter la chambre. Navré, Arthur s'efforça de ramasser les éléments éparpillés sur le sol avant de se tourner vers Lord. Il le serra très fort contre lui.
– Tout va bien, mon grand, murmura-t-il. Je sais que tu n'y es pour rien. Tu n'aurais jamais fait une chose pareille.
Mais si ce n'était pas Lord, qui avait bien pu provoquer ce désastre ?

– Sais-tu pourquoi M. Élias demande à te voir ? dit Cécile.
Elle conduisait son ami vers les bureaux du collège, quelque temps après l'incident. M. Élias, le censeur, voulait rencontrer Arthur avant le dîner.
– Je n'en sais rien, murmura Arthur. Mais j'ai le sentiment que c'est en rapport avec Lord.
– C'est pour cela que tu l'as laissé dans la chambre ?
– Oui. Je ne veux pas qu'on l'inquiète davantage.
– Nous sommes arrivés, annonça Cécile. Je vais t'attendre.
Arthur frappa timidement à la porte du bureau.
– Entrez, dit M. Élias.
Le censeur avait une voix grave et forte. Il prit Arthur par l'épaule et le guida jusqu'à un siège.
– Alors, Arthur. Est-ce que tu te plais à Chilleen ?
– Beaucoup, Monsieur.
– Je suis heureux de l'entendre...
Il s'interrompit un instant et se racla la gorge.
– J'aurais préféré te rencontrer en d'autres circonstances, reprit-il. Mais mon bureau a reçu de nombreuses plaintes à propos de... de ton chien.
Bien qu'il s'attendît à des reproches, Arthur ne put s'empêcher de rougir.
– Je suis désolé, Monsieur Élias. Lord n'est pas encore habitué à l'école. Tout cela est étrange pour lui, mais il finira par se calmer, je vous le promets.
– Hélas, ce n'est pas si simple, dit M. Élias, avec une légère gêne. On m'a rapporté qu'il avait perturbé des cours et qu'il avait même dégradé certains biens.

« Valentin, pensa aussitôt Arthur. Il n'a pas été long à se plaindre. »

– Puisque j'ai reçu plus d'une plainte, je suis dans l'obligation de te donner un avertissement, poursuivit le censeur. Je sais que tu comptes beaucoup sur ton chien, mais, si tu ne peux pas le contrôler, il faudra le remplacer.

– Que voulez-vous dire ? s'inquiéta Arthur.

– L'école ne peut pas se permettre de garder un animal qui sème le trouble. Tu comprends cela, n'est-ce pas ? Quand nous t'avons admis, nous avons cru qu'il était parfaitement dressé.

– Mais il l'est ! protesta Arthur. Je crois que quelque chose le dérange à l'intérieur du collège. Il cherche à me protéger.

M. Élias resta silencieux pendant un long moment.

– Te protéger de quoi ? demanda-t-il finalement.

Arthur hésita. Comment expliquer ce qu'il ne comprenait pas lui-même ?

– Voyez-vous, commença-t-il enfin. Lord sait qu'il doit veiller sur moi. Je suppose que, parfois, il exagère un peu.

– Peut-être, mais je dois te prévenir : ou bien tu parviens à contrôler ton chien ou tu devras t'en séparer. Est-ce bien compris ?

– Oui, Monsieur, murmura Arthur.

Tout son univers venait de s'écrouler. Comment pouvait-on lui enlever Lord ? Sans lui, il n'aurait jamais été admis dans ce collège. Ses parents avaient accepté à cette seule condition. Si M. Élias voulait

s'en débarrasser, il lui faudrait repartir chez lui. D'une manière ou d'une autre, il devait faire en sorte que Lord se calme.
Il quitta le bureau du censeur totalement abattu.
– Que se passe-t-il ? demanda Cécile. Tu as l'air tout retourné.
– Oui, admit Arthur. Tu peux me raccompagner dans ma chambre ?
Chemin faisant, il expliqua à son amie ce qui était arrivé à la maquette de Valentin et les menaces que lui avait adressées le censeur.
– Valentin aurait dénoncé Lord ? s'étonna Cécile.
– Il était très fâché à cause de sa maquette, je peux le comprendre. Mais il se trompe en accusant Lord.
– C'est terrible ! s'indigna Cécile. Sans Lord, tu perds toute ton autonomie. Nous devons absolument lui apprendre à se contrôler. Nous commencerons dès ce week-end.
– Merci, répondit Arthur, reprenant espoir.
– Ce n'est rien. Je vais aussi essayer d'arranger tes affaires avec Valentin.
Entre-temps, ils étaient arrivés devant la porte de la chambre. Arthur ouvrit et appela son camarade sans obtenir de réponse.
« Il n'est pas encore revenu », pensa-t-il, soulagé.
Arthur entra et immédiatement, il trébucha sur quelque chose. Il perdit l'équilibre et s'étala de tout son long.
– Arthur ? Tout va bien ? s'alarma Cécile.
Elle pénétra dans la chambre à sa suite et poussa une

exclamation stupéfaite. Arthur se redressa et tâtonna tout autour de lui : il venait de buter contre son armoire. Le sol était jonché de vêtements éparpillés.
– Que s'est-il passé ? s'écria Cécile. La chambre est sens dessus dessous !
– J'ai heurté ma penderie. Qu'est-ce qu'il y a ?
– C'est une véritable pagaille ! Les armoires sont vidées, il y a des livres dans tous les coins. Les lits sont au milieu de la pièce et... Arthur ! Où est Lord ?
– Lord ? cria-t-il, gagné par la panique. Lord !
Pas de réponse. Le chien avait disparu !

9

– Lord ! cria Arthur. Cécile ? Que lui est-il arrivé ?
– La fenêtre est ouverte, répondit-elle. Il a sans doute sauté dehors.
– Il faut absolument le retrouver !
– Mais où ?
Elle s'interrompit, dressant l'oreille :
– Attends, j'ai entendu quelque chose.
– Moi aussi, dit Arthur.
Une plainte affaiblie s'élevait au milieu de la chambre. Arthur s'agenouilla et se dirigea vers le bruit. Sa tête heurta le rebord d'un lit et il glissa une main en dessous. Bientôt, il sentit de la fourrure sous ses doigts.
– Il est là ! s'exclama-t-il. Viens, mon grand, n'aie pas peur.
Lord gémit, mais ne bougea pas. Arthur dut l'agripper par les pattes pour le tirer de sa cachette.
– Que s'est-il passé ? s'écria Cécile. Il a l'air à moitié mort.

Arthur palpa avec inquiétude le corps tremblant de l'animal. Lord réagissait à peine et une mousse poisseuse souillait ses babines.

– Il a les yeux vitreux, dit Cécile. On dirait qu'il n'y voit rien.

Une peur irraisonnée envahit Arthur.

– Il faut lui venir en aide, vite !

– Attends, intervint Cécile. Après ce que tu m'as raconté, nous devrions peut-être remettre la chambre en ordre avant le retour de Valentin.

Arthur poussa un profond soupir. Cécile avait raison, même s'il se fichait totalement des réactions de son compagnon de chambre.

– Viens, Lord, dit-il d'une voix douce.

Le chien se releva lentement et lécha la main de son maître.

– Il semble aller mieux, annonça Arthur.

– Bien ! Alors, aide-moi à ranger.

Ensemble, ils s'employèrent à tout remettre en ordre. Arthur fit les lits, tandis que Cécile redressait les armoires. Ils rangèrent ensuite les livres et les vêtements épars. Ils avaient à peine terminé quand retentit la première sonnerie du dîner.

– Allons-y, dit Cécile. Je ne voudrais pas être en retard.

– Que faisons-nous de Lord ? s'inquiéta Arthur.

– Il va mieux, ses yeux sont redevenus normaux.

Arthur se dirigea vers son chien qui n'avait pas quitté l'angle de la pièce. Il caressa doucement l'animal entre les oreilles.

– Comment vas-tu, bonhomme ? demanda-t-il.
En réponse, Lord battit faiblement de la queue.
– Il semble totalement épuisé, constata Arthur.
– Ce n'est pas étonnant, vu ce qu'il a fait de cette chambre, répliqua Cécile.
Arthur se tourna vers elle, abasourdi :
– Tu ne crois pas que c'est lui le coupable, j'espère ?
– Je suis désolée, Arthur, mais je ne vois personne d'autre. Qui aurait pu provoquer un tel désordre, à part lui ?
– Mais... Cécile ! Lord n'a jamais rien fait de tel !
– Je sais, tu me l'as déjà dit, répondit-elle sur un ton désolé. Mais il se comporte bizarrement depuis que vous êtes à Chilleen.
– Cela ne prouve rien ! protesta Arthur. Et puis, il n'est pas assez fort pour renverser des armoires et déplacer des lits !
– Alors, qui l'a fait, d'après toi ?
– Je ne sais pas, répondit Arthur. Mais ce doit être quelqu'un... ou quelque chose de puissant.
Il s'interrompit un instant et réprima un frisson.
– C'est quelque chose de puissant, murmura-t-il comme pour lui-même. Puissant et mauvais !

10

Jamais il n'avait été aussi épuisé. Même lorsqu'il n'était qu'un chiot et qu'il jouait toute la journée. C'était à cause du danger. Il était revenu rôder dans la chambre du Garçon. Il l'attendait, tapi dans l'ombre.

Lui, Lord, avait combattu le danger et l'avait chassé. Mais le danger était de plus en plus fort. Il avait voulu détruire tout ce que possédait le Garçon.

Le danger était sur les traces du Garçon. Lui, Lord, ne le laisserait plus s'en approcher. Il devait à tout prix protéger le Garçon.

Le danger était apparu derrière le gros rocher que le Garçon avait déplacé. Il sentait sa présence, flairait son odeur de plus en plus souvent, surtout dans les hauteurs.

Le Garçon lui-même ressentait parfois la présence du danger, car celui-ci gagnait en puissance à mesure que le temps passait. Il avait déjà agressé deux fois le Garçon, toujours depuis des hauteurs.

À présent, dès qu'il faisait sombre, il se faufilait dans la chambre du Garçon.
Jusqu'ici, il s'était montré plus fort que le danger. Il l'avait forcé à quitter la chambre. Mais le danger allait revenir et attaquer encore. Il devait l'arrêter. Il ne devait plus quitter le Garçon d'une semelle. Sans lui, le Garçon était en péril.

11

– Dis, Arthur. Je peux essayer de lire ton livre ? demanda Marine.

La plus espiègle des jumelles s'était invitée d'elle-même à la table d'étude d'Arthur et de Cécile.

– Marine ! Il travaille ! chuchota vivement Cécile.

– Je sais bien. Mais j'aimerais juste savoir à quoi ressemble le braille.

– Ce n'est pas grave, dit Arthur. Tiens, essaie.

Il guida la main de Marine sur la page épaisse de son livre.

– Tu sens les petits points en relief ? Ils forment des lettres. Quand je les touche, je peux lire ce qui est écrit.

Marine effleura lentement la page blanche, mais elle renonça bientôt, manifestement déçue.

– Ils sont tous pareils.

– Il faut avoir l'habitude...

– Excusez-moi...

Arthur reconnut la voix grave de M. Taylor qui était chargé de la surveillance.
– Ceci est une salle d'étude, et non un parloir.
– Mais Arthur me montrait..., commença Marine.
– Je sais, mais il pourra le faire plus tard, trancha M. Taylor. Pourquoi n'irais-tu pas t'asseoir à l'autre bout de la salle, Marine ?
Marine rassembla ses affaires en marmonnant. Arthur reprit sa lecture mais il ne parvenait pas à se concentrer. Au bout de quelques minutes, Cécile lui envoya un léger coup de coude.
– M. Taylor vient de sortir, murmura-t-elle. Où en es-tu de ton chapitre d'histoire ?
– Napoléon est sur le point d'être vaincu à Waterloo, mais je n'ai pas la tête au travail, ce matin.
Un bâillement aigu s'éleva du sol et Cécile ne put s'empêcher de rire.
– Lord, lui aussi, est fatigué par les études, dit-elle en grattant le chien entre les oreilles.
– Dommage que nous soyons bloqués ici, se lamenta Arthur.
– Il ne reste plus que quinze minutes avant l'heure du déjeuner.
– Parfait. Ça me donne une idée. Ce serait un bon moyen de faire un peu d'exercice et de prouver par la même occasion que Lord n'est pas fou.
– De quoi parles-tu ?
– J'ai beaucoup réfléchi depuis hier. Ça peut paraître totalement fou, mais je suis persuadé qu'une chose me poursuit.

– Il se passe des événements étranges, conclut prudemment son amie. Mais qui pourrait bien t'en vouloir ? Et pourquoi ?
– Je n'en sais rien. C'est pourquoi je veux retourner au village des Ombres.
– Hors de question ! Cet endroit me donne la chair de poule. La première fois, ce rocher a bougé tout seul et, ensuite, Lord a failli te mordre.
– Tu vois ? Je suis sûr qu'il se passe des choses bizarres là-bas.
– Raison de plus pour ne pas y aller !
Arthur serra doucement la main de son amie. Il devait absolument la convaincre.
– Écoute-moi, Cécile. Tous les ennuis ont commencé le jour où j'ai déplacé cette roche.
– Je m'en souviens, dit-elle. Lord était totalement paniqué.
– Il avait une bonne raison. À présent, je suis sûr qu'en bougeant ce rocher j'ai libéré quelque chose, une sorte d'esprit maléfique...
– On se croirait dans *Les Contes de la crypte* ! plaisanta Cécile.
Cependant, il y avait une certaine frayeur dans la voix de son amie.
– Tout cela a l'air bizarre, reprit Arthur. Mais il y a sans doute du vrai dans les histoires qui circulent sur la Vallée fantôme. Nous devons remettre le rocher en place.
– Nous ?
Cécile se recula légèrement.

– J'ai besoin de ton aide, plaida Arthur. Lord ne peut pas m'accompagner.
– Je ne veux pas y aller non plus, dit-elle d'une voix tremblante.
– S'il te plaît ! Nous ne resterons pas longtemps...
– Tu crois réellement qu'un mauvais esprit se trouve derrière ce rocher ?
Cécile et Arthur raccompagnaient Lord jusqu'à la chambre.
– Je sais seulement que mes ennuis datent du jour où je l'ai déplacé.
Arthur se tourna vers son amie :
– Tu ne vas pas me faire faux bond au dernier moment ?
– Ne t'inquiète pas, soupira Cécile. Si tu crois que tout ira mieux en remettant le rocher en place, j'irai avec toi. Et puis, s'il te sent rassuré, Lord se calmera peut-être. Cela ne pourra qu'améliorer tes relations avec Valentin.
– Je ne vois pas pourquoi je devrais absolument être ami avec lui, répliqua Arthur.
– Ce serait mieux. Je vous aime bien tous les deux. Laisse-lui une chance, c'est quelqu'un de vraiment gentil.
– Je lui ai laissé de nombreuses chances, mais je crois qu'il ne m'aime pas. Ou alors il ne supporte pas Lord.
Ils venaient d'arriver devant la porte de la chambre. Arthur fit entrer son chien et lui ôta son harnais. Lord s'ébroua et suivit Arthur jusqu'à la porte.

– Non, Lord ! ordonna-t-il. Tu restes ici. Je vais me promener avec Cécile.

Le chien se mit à geindre et à tournoyer autour d'eux.

– Oh ! Lord, ça suffit ! lança Cécile avec une pointe d'agacement. Nous ne serons pas longs.

Les gémissements du chien se transformèrent en grognements.

– Lord ! Assez ! s'écria Arthur en désignant le sol. Tu restes ici !

Le chien tenta de s'interposer entre son maître et la porte.

– Cécile, sors la première, s'il te plaît.

Arthur entendit le bruit de la porte qui se refermait.

– Couché, le chien, ordonna-t-il. Pas bouger !

Lord obéit de mauvaise grâce et se remit à geindre doucement. Arthur tâtonna pour trouver la poignée et sortit vivement dans le couloir. Des aboiements furieux résonnèrent alors et un bruit sourd ébranla la porte.

– Que fait-il ? s'inquiéta Cécile.

– Il cherche à sortir. Viens, éloignons-nous. Il s'arrêtera s'il ne nous sent plus.

– Je ne sais pas, soupira Cécile. J'espère qu'il n'est pas devenu fou.

Comme ils quittaient la fraîcheur du sous-bois, en direction des collines, Arthur apprécia la chaleur du soleil sur son visage. Il marchait calmement, le bras gauche tendu, sa main posée sur l'épaule de Cécile.

– Nous sommes presque arrivés, annonça-t-elle. Il fait vraiment un temps splendide.

– Je sens cela, répondit Arthur.
– Nous marchons entre les ruines, reprit-elle. Il est là-bas.
– Le rocher ?
Cécile se contenta de marmonner et Arthur perçut sa nervosité.
– Nous sommes près de la grotte. Tout semble normal.
Arthur s'arrêta un instant pour humer l'air pur chargé de résine. En effet, l'atmosphère était calme et tranquille. Pendant un instant, il se demanda si son imagination ne lui avait pas joué des tours.
– Bien, finissons-en, dit Cécile en guidant Arthur vers le rocher.
Il posa ses mains sur la pierre. Tout était comme dans son souvenir. Un courant d'air froid soufflait non loin de lui, mais n'était-ce pas normal pour une grotte ?
– Dommage qu'on n'ait pas le temps d'explorer la caverne, plaisanta Arthur.
– N'y pense même pas ! protesta vivement Cécile. Bon, remettons ce satané rocher en place.
Ils poussèrent de toutes leurs forces. En vain, la pierre n'avait pas bougé d'un pouce.
– Nous nous y prenons mal, conclut Arthur. Je vais essayer de le tirer.
Ils changèrent de place sans plus de succès. Le rocher semblait soudé à la colline.
Arthur fit une nouvelle tentative en s'aidant d'une grosse branche comme levier. Rien n'y fit.

– J'abandonne, soupira finalement Cécile, à bout de souffle. Ce maudit caillou refuse de bouger.
– Tu as raison. Après tout, ce n'est peut-être pas si grave.
Il venait à peine d'achever sa phrase que la caverne exhala un courant d'air froid et humide. Il sut alors que c'était très grave.
Le bourdonnement aigu revint danser autour de lui, envahissant son esprit. Arthur comprit que la chose était là, tapie dans les ombres. Elle ne lui laisserait pas de répit tant que la caverne resterait ouverte.

12

Cette nuit-là, Arthur se réveilla en sursaut. Il était en sueur et son cœur battait la chamade.
Pendant une fraction de seconde, il fut pris de panique. Où était-il ? Il perçut alors un grincement familier, celui de la porte de sa chambre. Bien sûr, il se trouvait au collège. Tout allait bien.
Il consulta le cadran en braille de sa montre : 3 heures du matin. Arthur se leva doucement et avança à tâtons pour refermer la porte.
« Quelqu'un l'aura mal fermée, pensa-t-il. Pourquoi Lord ne m'a-t-il pas averti ? »
– Lord ? murmura-t-il vivement. Lord, bonhomme ?
Il s'immobilisa, à l'écoute : seule la respiration régulière de Valentin perturbait le silence nocturne.
« Il n'aurait tout de même pas ouvert la porte à Lord ? Non, Valentin n'est pas si cruel. »
Que lui était-il arrivé ? S'était-il enfui ? Pour aller où ? Luttant contre l'angoisse qui montait, Arthur sut qu'il devait partir à la recherche de son chien.

Il ne pouvait demander l'aide de Valentin, et la chambre de Cécile se trouvait dans l'autre aile du bâtiment. Arthur devait se débrouiller seul.
Il chaussa rapidement ses tennis et enfila un pull par-dessus son pyjama. S'aidant de sa canne, il partit dans le couloir et descendit prudemment le grand escalier qui menait dans le hall. Là, il appela son chien sans obtenir de réponse. Un courant d'air froid lui frôla le visage : la porte de l'entrée était grande ouverte. Arthur sortit sur le perron.
– Lord ? Ici, le chien !
Pas de réponse. Alors, une idée s'imposa à lui comme une évidence : Lord était parti au village des Ombres. Arthur refit mentalement le trajet. Il était sûr de trouver son chemin.
« Heureusement que je n'ai pas peur du noir », plaisanta-t-il pour se donner du courage.
Arthur contourna les bâtiments et traversa l'aire de jeux. Il s'arrêta à la hauteur du sentier qui s'enfonçait dans la forêt. Les bruits de la nuit résonnaient tout autour de lui. Il entendait le crissement diffus des insectes et les mouvements furtifs des petits rongeurs dans le sous-bois. Une chouette hululait dans le lointain.
« Il n'y a rien à craindre, se persuada-t-il. Et Lord a besoin de moi. »
Arthur pénétra dans la forêt, le bout de sa canne blanche raclant le gravier volcanique du chemin. Même s'il ne pouvait distinguer le jour de la nuit, il sentait bien la différence. Maintenant, l'air semblait

plus pesant, presque menaçant. Une forte odeur de résine stagnait tout autour de lui. Il s'avança avec lenteur, tous ses sens en alerte, et appela Lord. Pendant un instant, il crut percevoir une réponse, mais ce n'était que le craquement d'une branche.

– Ne t'inquiète pas, j'arrive, lança-t-il.

Arthur s'engagea d'un pas résolu au cœur des bois. Soudain, il perçut un bruit à distance et un frisson d'angoisse lui parcourut l'échine. C'était un bourdonnement sourd, semblable à celui des grillons en été.

– Non, murmura-t-il. Pas encore.

Le bourdonnement s'amplifia, résonnant dans sa tête comme une menace. Il se mit à trembler de tous ses membres, glacé jusqu'aux os. Il aurait pu croire qu'un brouillard opaque et humide venait de s'abattre sur la Vallée fantôme.

– Non ! s'écria-t-il.

À cet instant, le brouillard s'insinua dans sa bouche et il suffoqua. Il aurait voulu lutter contre cette menace invisible, mais un froid intense le paralysait. Il ne pouvait plus crier, une lourde masse pesait sur sa poitrine et l'empêchait de respirer. Ses jambes se dérobèrent sous lui. Il tomba à genoux et roula sur le côté. Le bourdonnement redoubla de puissance. La vague glaciale le recouvrait, inexorablement.

13

Arthur gisait en travers du chemin. Peu à peu, ses forces l'abandonnaient.

« Est-ce ainsi quand on meurt étouffé ? » se demanda-t-il.

Le brouillard glacial agissait comme un être vivant et cherchait à l'enfouir dans le sol de la forêt.

Il allait s'évanouir quand, brusquement, le bourdonnement s'arrêta. Il entendit alors des aboiements furieux.

En l'espace d'un instant, Arthur retrouva son souffle. Le brouillard s'était enfui.

– Je suis ici ! lança-t-il d'une voix rauque.

Dans la seconde qui suivit, Lord était sur Arthur. Le garçon sentit le contact humide de la langue de son chien sur son visage et la douce chaleur de sa fourrure. Il ne put s'empêcher de rire.

– Lord, j'étais si inquiet ! dit Arthur en serrant son chien contre lui.

Soudain, une voix grave interrompit ces joyeuses retrouvailles :
– Est-ce que tout va bien ?
Arthur reconnut le léger accent de M. Fernandez, le gardien du collège.
– Je vais bien à présent, répondit-il. Comment m'avez-vous trouvé ?
– C'est grâce à Lord. J'étais du côté des étables quand j'ai entendu des gémissements. Je les ai suivis jusqu'au pré et j'ai trouvé ton chien sur le chemin. Il était gelé. J'ai voulu le transporter dans les étables pour qu'il se réchauffe, mais il s'est levé d'un bond et il est parti à toute allure. Il m'a conduit jusqu'ici.
– Merci de votre aide, dit Arthur.
– Ce n'est rien. Mais que fais-tu dehors en pleine nuit ? Il est interdit de sortir après 10 heures.
– Je sais, je suis désolé, mais Lord a quitté ma chambre pendant que je dormais. Je devais le retrouver.
– Je comprends. J'ai eu moi-même beaucoup de chiens et l'un d'eux ressemblait comme un frère à Lord.
– Vous n'allez pas nous dénoncer, n'est-ce pas ? s'inquiéta Arthur.
– Pourquoi ? Je ne vous ai jamais vus ! Mais regagne vite les dortoirs, maintenant.
Le gardien les raccompagna jusqu'à l'entrée.
– Encore merci, dit Arthur. Je suis désolé de vous avoir causé tous ces soucis.
– Ce n'est rien. Allez, file ! À ton âge, on a besoin de sommeil.

De retour dans sa chambre, Arthur remplit un bol d'eau fraîche pour Lord avant de se glisser entre ses draps. Hélas, il ne parvint pas à trouver le sommeil. Jamais il n'avait eu aussi peur. Il aurait pu mourir. Arthur était à présent persuadé d'une chose : une présence maléfique était après lui. Comme pour acquiescer, Lord laissa échapper une longue plainte.

– Chuut ! bonhomme, murmura-t-il vivement. Tu vas réveiller Valentin !

Le chien quitta le lit et Arthur entendit le raclement de ses pattes contre l'armoire.

– Non ! Lord ! lança-t-il pour empêcher l'animal de commettre une bêtise.

Lord s'en revint un instant plus tard et déposa un objet dans ses mains. C'était le petit éléphant de bois qu'il avait emporté avec lui. Arthur palpa la figurine et caressa doucement son chien.

– Tu regrettes la maison ? chuchota-t-il. C'est cela ?

En réponse, Lord lui lécha la main.

– Quelle que soit la chose qui me veut du mal, je ne peux pas m'enfuir pour lui échapper.

Il parlait autant pour lui-même que pour Lord.

– Si je quitte le collège maintenant, mes parents ne me laisseront plus vivre seul. Je dois rester ici, tu comprends, bonhomme ?

Arthur entendit le bruit soyeux de la queue de son chien sur le parquet.

– Je ne sais pas encore comment, mais nous allons vaincre cette chose, murmura-t-il. Personne ne nous obligera à partir d'ici, je te le promets.

14

Ce matin-là, Arthur se réveilla en retard. Il se prépara à la hâte et se rendit au réfectoire. Il repensa aux événements de la nuit précédente et décida de ne rien dire à Cécile ni à Valentin. Et puis, le jour était levé et les couloirs résonnaient des bruits quotidiens de l'école. Tout cela apparaissait à présent comme un horrible cauchemar. Seulement, Arthur savait que c'était la réalité.

Il se dépêcha de prendre son petit déjeuner et alla au standard téléphonique du collège. Tous les quinze jours, chaque élève consacrait quelques heures au fonctionnement de l'école.

– Collège de Chilleen, bonjour, dit-il aux rares personnes qui appelèrent ce matin-là. Ne quittez pas, je vous passe votre correspondant.

Lorsque retentit la sonnerie du premier cours, il était totalement réveillé et prêt à entamer sa journée de classe. Son emploi du temps chargé lui fit vite oublier les désagréments de la nuit passée.

En fin de journée, M. Tam accepta de l'initier à l'escalade pendant que les autres pratiquaient le rappel.
– Ce n'est pas facile, je te préviens, l'avertit le professeur.
– Je sais, répondit Arthur en souriant. C'est pourquoi je veux essayer.
– Prends ton temps. D'ordinaire, les grimpeurs font appel à leur sens de l'observation pour trouver les bonnes prises. Tu vas devoir compenser en allant lentement et prudemment.
Arthur entama la montée, ses doigts palpant la paroi. Lorsqu'il atteignit finalement le sommet, tous ses muscles hurlaient de douleur, mais l'exaltation d'avoir réussi était encore plus forte.
« Je peux faire ce que je veux », se dit-il fièrement.
– Bravo, Arthur ! s'exclama M. Tam en lui tapotant amicalement l'épaule. Dans quelques semaines, tu seras mûr pour escalader de vraies parois !
Après le dîner, Arthur travailla au foyer avec Marine. La jumelle s'était portée volontaire pour lui lire des nouvelles pour le cours d'anglais. Plus tard, dans sa chambre, il révisa ses cassettes de latin sur son baladeur.
« J'adore cette école », songea-t-il avant de s'endormir. Plus que tout autre élève, Arthur savourait sa chance de se trouver ici.
Les jours qui suivirent furent eux aussi très chargés. En anglais, Arthur devait écrire un exposé sur la personne qui avait le plus compté pour lui. Bien que Lord ne fût pas une personne, il décida malgré tout

de lui consacrer son devoir. Il travaillait sur sa machine à écrire en braille quand on frappa à sa porte. Cécile fit son entrée.
– Arthur, tu dois absolument écouter cela ! le pressa-t-elle.
– J'ai du travail, dit Arthur. Je n'en suis qu'à la moitié de mon exposé.
– C'est important, je t'assure !
Cécile semblait très excitée. Arthur haussa les épaules et se tourna vers elle.
– Je t'ai dit que j'étudiais les tribus indiennes en classe de sciences humaines ? reprit Cécile.
Arthur approuva d'un hochement de tête.
– Eh bien, je suis allée à la bibliothèque et j'ai trouvé un livre sur la tribu qui habitait la Vallée fantôme. Il y a plusieurs chapitres consacrés à leurs légendes.
– Encore tes histoires bizarres ? demanda Arthur avec une légère moue.
– Laisse-moi continuer, tu n'en croiras pas tes oreilles, trancha Cécile.
Elle feuilleta rapidement le volume qu'elle avait apporté et se mit à lire.
– Une entité invisible aurait régné sans partage sur toute la vallée. L'esprit des ténèbres tirait son pouvoir d'une caverne. L'arrivée des premiers Indiens réveilla l'entité qui se mit alors à hanter les environs.
– Étrange, dit en frissonnant Arthur. Quoi d'autre ?
Cécile tourna plusieurs pages et reprit sa lecture.
– Selon les légendes, l'entité attaquait tous ceux qui la dérangeaient. Les Indiens qui s'aventuraient près

de sa caverne à la nuit tombée étaient retrouvés morts, étouffés.
Arthur sursauta :
– Tu as bien dit étouffés ?
– Bizarre, n'est-ce pas ? On prétend que le sol de la caverne était tapissé d'ossements humains. Tu imagines ? Un sol recouvert d'ossements !
– Il y a d'autres histoires de ce genre ? demanda vivement Arthur.
Il avait totalement oublié son devoir d'anglais.
– Oui. L'une d'elles raconte qu'un guerrier courageux parvint à piéger l'entité et à l'enfermer dans sa caverne. Il aurait bloqué l'accès à l'aide d'un gros rocher...
La voix de Cécile se brisa et, pendant un long moment, un silence pesant plana sur la chambre.
– Un gros rocher, reprit finalement Arthur. Tout cela est étrangement familier.
– Je sais... La légende dit aussi que l'esprit des ténèbres attend sa revanche. Si quelqu'un le dérangeait une fois encore, il le poursuivrait jusqu'au bout du monde s'il le fallait pour le détruire.
– Et si c'était moi qui l'avais dérangé ? demanda Arthur en réprimant un frisson d'angoisse.
– J'y ai pensé... Mais ce ne sont que des légendes, ajouta rapidement Cécile.
– Toutes les légendes sont fondées sur des faits réels.
Peu à peu, Arthur sentait la crainte le gagner.
– Ça n'a aucun sens, protesta Cécile. Pourquoi attaquerait-il quelqu'un qui l'a libéré ? Il devrait plutôt être reconnaissant, tu ne crois pas ?

– Il n'aime peut-être pas être dérangé, supposa Arthur. Sans doute se trouvait-il bien ainsi, tout seul dans le noir...
– Ou peut-être que...
Cécile acheva sa phrase d'un petit rire.
– Incroyable ! lança-t-elle. Nous sommes en train d'argumenter sur l'état d'esprit d'une entité démoniaque ! Tu te rends compte ?
Arthur rit à son tour mais, au plus profond de lui-même, il savait que les légendes expliquaient parfaitement les mésaventures qu'il avait subies. Ne disaient-elles pas que la Vallée fantôme abritait un esprit qui étouffait ses victimes ?
– Je te remercie, Cécile. Même si ce ne sont que des histoires, je suis certain qu'il y a un fond de vérité dans tout ça.
– Peut-être bien, mais ne les prends pas trop au sérieux. Et puis, il ne t'est plus rien arrivé depuis plusieurs jours. Si ça se trouve, tout est fini.
Arthur aurait bien aimé croire son amie...
Plus tard dans la nuit, Arthur rêvait d'un essaim d'abeilles emprisonné dans une cave quand des aboiements sonores le réveillèrent en sursaut. Il se redressa dans son lit et aussitôt il le sentit : le frisson glacé et mortel était là.
– Lord ? s'écria-t-il, paniqué à l'idée que son chien soit de nouveau attaqué. Lord, où es-tu ?
– Ah non ! Pas encore ! protesta Valentin, brusquement arraché du sommeil. Ce maudit chien ne dort donc jamais ?

– Lord ! Chut ! ordonna Arthur. Valentin ? Tu n'entends pas ce grésillement ?
– Non ! hurla Valentin. Je n'entends que le vacarme de ton clébard !
Arthur tenta à tout prix d'apaiser son chien, mais Lord grognait de plus belle.
– Ce n'est pas vrai ! lança furieusement Valentin. Je vais allumer, ça le calmera peut-être !
Valentin bondit hors de son lit et s'élança vers l'interrupteur.
– Hé ! s'écria-t-il soudain. On gèle de ton côté !
Brusquement, Valentin lâcha un cri paniqué.
– Arthur ! Ton chien mord le vide !
Arthur se leva à son tour.
– Qu'as-tu fait ? lança Valentin. Tu l'as dressé contre moi parce que j'ai parlé à M. Élias !
– Jamais de la vie ! protesta Arthur. C'est toi qui l'énerves !
– Tout ce que je veux, c'est allumer la lumière ! s'écria Valentin, totalement effrayé. Mais il m'en empêche ! Il bondit sur l'interrupteur ! Il n'y a rien pourtant !
– Lord ! Du calme ! hurla Arthur, gagné lui aussi par la panique.
– On gèle ici ! reprit Valentin. C'est une vraie glacière ! Eh ! Non ! Lord ! Non !
Arthur se rua en direction des aboiements, mais ses mains ne rencontrèrent que le vide. Au même instant, Valentin poussa un hurlement de douleur.

15

– Il m'a mordu ! hurla Valentin. Je saigne !

Paniqué, Arthur s'élança vers son chien et parvint finalement à l'empoigner au collier. Il l'écarta vivement de Valentin.

– Lord ! Couché ! ordonna-t-il en s'efforçant de le contenir.

Arthur perçut alors le cliquetis de l'interrupteur. Valentin venait d'allumer la lumière. À son grand soulagement, le bourdonnement obsédant s'éloigna peu à peu, puis disparut.

– Ce chien est fou ! s'écria Valentin d'une voix tremblante. Il faut l'enfermer !

– Il ne te voulait pas de mal ! protesta Arthur.

– Non ! Il voulait juste me tuer !

À cet instant, la porte de la chambre s'ouvrit avec fracas.

– Que se passe-t-il ici ? gronda M. Élias, l'air outragé. On vous entend hurler depuis le rez-de-chaussée !

– Ce chien m'a mordu ! répondit Valentin. Il est devenu fou !
– Laisse-moi voir...
Après quelques instants, M. Élias grommela :
– Ce n'est pas joli. Presse la plaie avec ce mouchoir, j'appelle l'infirmerie.
Un quart d'heure plus tard, Valentin, le bras en écharpe, quittait la chambre en compagnie de l'infirmière. Alors qu'il s'éloignait, Arthur l'entendit clairement murmurer :
– Je vous l'avais bien dit, Monsieur Élias. Ce chien est vicieux !
Un long silence suivit le départ de Valentin. Finalement, Arthur prit la parole.
– Il n'est pas vicieux, lança-t-il, des sanglots dans la voix.
Lord avait retrouvé son calme. Il était assis à côté d'Arthur qui le caressait d'une main fébrile.
– Je comprends tes sentiments, dit doucement M. Élias. Mais je dois avant tout songer à la sécurité des élèves.
– Je vais le surveiller de près, plaida Arthur. Je vais l'attacher au pied de mon lit. Je pourrais aussi déménager dans une autre chambre...
– Je suis désolé, Arthur. Tu n'y es pour rien, mais ton chien vient de prouver qu'il n'est pas fiable. Tu vas devoir le renvoyer chez toi.
– Mais il voulait juste protéger Valentin ! protesta Arthur avant de s'interrompre.
Comment expliquer qu'il était pourchassé par

l'esprit des ténèbres sans passer lui-même pour un fou ?
– Crois-moi, Arthur, reprit M. Élias. Je sais ce que tu ressens. Moi aussi, j'ai eu un chien quand j'avais ton âge, mais tu dois accepter le fait qu'il a changé.
– Comment cela ?
– Il est devenu fou. Ça arrive parfois. Sans qu'on sache pourquoi, un chien dressé peut retrouver ses instincts sauvages. Alors on ne peut plus lui faire confiance.
– C'est faux ! répliqua Arthur. S'il vous plaît, Monsieur Élias, laissez-lui encore une chance !
– Désolé, Arthur, je lui ai laissé déjà plusieurs chances. Mais, si tu veux te procurer un autre chien, je n'y vois aucune objection.
– Je n'en veux pas d'autre. Je veux garder Lord. J'ai besoin de lui...
– C'est impossible, reprit M. Élias. Maintenant, accroche-lui une laisse. Je vais le conduire au chenil pour le reste de la nuit.
– Non ! s'écria Arthur, horrifié. Il ne comprendrait pas ! Laissez-le-moi encore. Au moins pour cette nuit !
– Je crains pour ta sécurité, maugréa le censeur.
– Lord ne m'a jamais fait aucun mal. N'est-ce pas, bonhomme ?
Comme pour approuver, le chien se mit à battre de la queue. M. Élias poussa un profond soupir.
– Bon, céda-t-il. C'est d'accord, mais j'ai sûrement tort d'accepter.

– Merci beaucoup, Monsieur.
Après le départ du censeur, Arthur serra son chien contre lui de toutes ses forces. Le contact du pelage chaud le calma un peu.
– Je sais que tu n'es pas devenu mauvais, murmura-t-il. Tu n'as jamais voulu faire de mal à quiconque, n'est-ce pas ?
Lord gémit doucement et lécha la joue de son maître.
– Je ne laisserai pas M. Élias t'éloigner de moi, reprit-il. Je vais lui parler. Je saurai bien le convaincre, c'est promis.
Arthur demeura ainsi, serré contre son chien pendant un long moment avant de se remettre au lit. Il sombra immédiatement dans un profond sommeil. Hélas, les mauvais rêves revinrent le hanter. L'esprit des ténèbres rôdait et Lord aboyait pour protéger son maître. Mais l'esprit était le plus fort et, peu à peu, Arthur sentait son poids oppressant sur sa poitrine.
– Non ! cria-t-il dans son sommeil.
Il étouffait, écrasé par une masse pesante. La chose était sur lui, suffocante.
Arthur se débattait de toutes ses forces. Il cherchait à se libérer de ce fardeau qui le recouvrait peu à peu.
– Non ! hurla-t-il de nouveau. Non !
Mais la chose s'installait, toujours plus lourde. Elle bougeait et grognait. Arthur se réveilla en sursaut. La chose qui pesait sur sa poitrine, c'était Lord !

16

Arthur se tourna violemment sur le côté. Lord tomba sur le sol, mais il bondit de nouveau sur le lit. Arthur recula, le cœur battant, et se plaqua contre le mur.

– Lord ? Que se passe-t-il, bonhomme ? lança-t-il sur un ton qui se voulait apaisant.

M. Élias disait-il vrai ? Et si Lord était redevenu sauvage ? Son propre chien allait-il l'attaquer ?

Lord se rapprocha d'Arthur en grognant doucement. Les crocs du chien n'étaient plus qu'à quelques centimètres de sa gorge.

– Couché ! lança-t-il sur un ton impératif.

Il espérait que le chien se souviendrait de son dressage et le laisserait quitter la chambre. Hélas, Lord se rapprocha davantage. Arthur sentait à présent son souffle chaud contre sa joue.

– Gentil le chien ! Tout doux !

Arthur glissa lentement vers le bord du lit. Lord suivait le moindre de ses mouvements, attentif, prêt à bondir.

Il atteignit finalement la limite du matelas et posa lentement un pied sur le sol.
– Tout doux, le chien, tout doux, murmura-t-il.
Il parvint à s'asseoir sur le bord du lit. Il allait se lever quand Lord bondit furieusement derrière lui. Arthur se redressa vivement. C'est alors qu'il perçut le bourdonnement. La chose était là ! Lord grognait, ses mâchoires claquaient. Un crépitement furieux emplit la pièce. Un combat inégal s'était engagé et Arthur sentit que son chien perdait peu à peu des forces. Il devait trouver de l'aide !
Arthur ouvrit la porte en grand et sortit dans le couloir. Les grognements de son chien étaient ponctués de gémissements. Il ne perçut aucun bruit, mais il savait que le gardien faisait sa ronde dans les couloirs éclairés en permanence. Il allait appeler au secours quand le bourdonnement s'éloigna.
Finalement, le silence retomba. Lord poussa un dernier grognement rauque et bondit du lit pour rejoindre son maître. Il se frotta contre la jambe d'Arthur et lui lécha la main.
– Tu m'as fait peur, murmura-t-il. Mais tu voulais me protéger.
Lord avait senti le retour de la chose bien avant son maître et il s'était interposé.
Ils regagnèrent la chambre et Arthur étreignit son chien. Lord ne lui ferait jamais aucun mal, il le savait à présent. Le chien était prêt à risquer sa vie pour lui.

17

Le danger se rapprochait. Une fois de plus, il avait attaqué le Garçon. Il l'avait attaqué, lui aussi. De plus en plus souvent, le danger le forçait à enfreindre les règles.

Pis encore, il cherchait à l'empêcher de protéger le Garçon. Il voulait les éloigner l'un de l'autre.

Mais il ne réussirait pas. Quoi qu'il fasse, il continuerait à faire son travail, à surveiller et à protéger le Garçon.

18

Le lendemain matin, Cécile croisa son ami dans le couloir.

– Arthur ! Que se passe-t-il ? Tu as une mine affreuse !

– Ce sont mes parents. Ils arrivent cet après-midi pour nous emmener, Lord et moi.

– Oh non ! Ils ne peuvent pas faire ça !

– Si, j'en ai bien peur, soupira-t-il.

Arthur expliqua à Cécile l'accident qui était arrivé à Valentin la nuit précédente.

– Lord l'a mordu ! s'exclama Cécile, stupéfaite. Je n'arrive pas à le croire !

– À mon avis, Valentin s'est retrouvé coincé entre Lord et l'esprit. Mais il est persuadé que Lord a fait exprès de l'agresser.

– Tu ne crois tout de même pas que l'esprit des ténèbres te poursuit, n'est-ce pas ? s'inquiéta Cécile.

– Si... Je sais que c'est dingue, mais je ne vois pas d'autre explication. Quoi qu'il en soit, M. Élias a appelé mes parents au milieu de la nuit. Ils ont pris le premier avion qui partait de Chicago. Ils seront là d'ici peu.

– Je suis désolée.

Cécile s'agenouilla près de Lord, qui attendait, sagement assis à côté de son maître.

– Tu vas me manquer, dit-elle en flattant la tête du chien. Mais toi ? Pourquoi t'emmèneraient-ils aussi ?

Arthur haussa les épaules, l'air abattu :

– C'est grâce à Lord qu'ils ont finalement consenti à me laisser venir ici. Ils croient que je ne peux pas me débrouiller sans lui.

Arthur poussa un profond soupir :

– Sans doute ont-ils raison, après tout...

– Arthur ! s'exclama Cécile, choquée. Cela ne te ressemble pas ! Tu abandonnes sans te battre ?

– Ce n'est pas ça. Je....

– Pas d'excuses, Arthur McCormack ! trancha Cécile en le bousculant légèrement. Tu vas convaincre tes parents que tu dois rester. Et trouve-moi de bons arguments ! Je ne tiens pas à passer le reste de l'année sans toi, c'est compris ?

Plus tard dans l'après-midi, Arthur et Lord furent appelés au bureau du censeur.

« Je pourrai toujours écrire à Cécile », pensa Arthur, résigné. Il s'était torturé l'esprit en vain pour trouver un moyen de rester au collège avec son chien. À présent, l'issue finale approchait et il se sentait comme un condamné que l'on mène à l'échafaud.

En pénétrant dans le bureau de M. Élias, il reconnut aussitôt le parfum entêtant que portait sa mère et l'odeur poivrée de l'après-rasage de son père.
Il avança :
– Salut M'man, salut Papa, dit-il d'une voix hésitante.
Sa mère le serra aussitôt dans ses bras.
– Arthur ! Tu as une mine superbe. Comme tu es bronzé !
– J'ai beaucoup d'activités de plein air.
– Arthur s'est inscrit au club d'alpinisme, annonça M. Élias. Il pratique l'escalade et le rappel.
– L'alpinisme ! s'exclama le père d'Arthur. N'est-ce pas dangereux ?
– Pas avec un harnais de sécurité, répondit Arthur. C'est un sport amusant.
– Mon pauvre chéri ! gémit sa mère. Je ne savais pas que cette école te ferait faire des choses aussi difficiles.
– Il ne court aucun risque, intervint le censeur. M. Tam, son professeur, dit qu'Arthur est en grande forme et qu'il est très doué.
– Oh ça, je n'en doute pas, répliqua le père d'Arthur sur un ton qui masquait mal sa désapprobation.
– Enfin, tout est terminé, trancha sa mère. As-tu préparé tes affaires, mon petit chéri ?
– Euh... Je...
Il devait à tout prix les convaincre de le laisser ici. Mais comment ?
– J'espère que tu es prêt, reprit sa mère. Nous avons

un avion dans deux heures et la route est longue jusqu'à l'aéroport.
– Maman, je sais que tu t'inquiètes, supplia Arthur. Mais j'ai beaucoup progressé et pas seulement en sport. Je me suis fait de nouveaux amis, j'ai exploré les environs...
– Arthur, tu sais de quoi nous étions convenus, répondit sa mère. Nous avons accepté de t'envoyer à l'essai. Apparemment, ça n'a pas marché...
– Je ne dirais pas cela, intervint prudemment le censeur. En fait, Arthur se comporte fort bien. Ses résultats scolaires sont excellents. Seul le chien pose problème.
– Arthur ne peut pas se déplacer sans lui, affirma la mère. Et puis, j'ai toujours été contre cette idée de l'envoyer ici.
– Maman, tu as entendu M. Élias, plaida Arthur. Je me débrouille bien et je pourrai m'en sortir sans Lord. D'ailleurs, je le faisais bien avant qu'on me le donne.
– Oui, mais tu étais à la maison et des professeurs venaient te donner des cours. Tu n'as jamais vécu dans cette sorte d'environnement...
– Je suis aveugle, pas un bébé ! s'écria Arthur, hors de lui. Et je suis très bien ici !
– Oh, mon Dieu ! gémit sa mère, choquée.
– Arthur, parle à ta mère sur un autre ton, s'il te plaît ! gronda M. McCormack.
– Nous pourrions peut-être trouver un compromis, suggéra M. Élias. Arthur pourrait rester jusqu'à la

Lord poussa une dernière plainte et monta sur le siège arrière de la voiture. La porte se referma sur lui et Arthur entendit le véhicule s'éloigner.

– C'est trop dommage, soupira Cécile, au bout d'un moment.

– Je sais. Mais il reviendra. Je prouverai que tous les troubles ont été provoqués par l'esprit et que Lord n'y est pour rien.

fin du semestre et cela permettrait de réévaluer la situation...
Il y eut un long silence et la mère d'Arthur reprit la parole.
– Je ne sais pas...
– S'il te plaît, Maman ! supplia Arthur. Cela ne fait qu'un mois et demi. Je serai très prudent, c'est promis.
La mère d'Arthur se tourna vers son mari :
– Qu'en penses-tu, John ?
– Apparemment, il tient à rester, soupira le père. Quel mal y a-t-il, après tout ? Nous reverrons cela plus tard.
– Fort bien, conclut M. Élias. Alors, Arthur, c'est d'accord ? Lord peut partir ?
Arthur resta sans voix pendant un long moment. Tout à son désir de convaincre ses parents, il avait totalement oublié de plaider en faveur de son chien.
– Il attend dehors, dit-il finalement.
Arthur sortit dans le couloir, où l'attendaient Cécile et Lord.
– Alors ? chuchota-t-elle. Tu peux rester ?
– Jusqu'à la fin du semestre, dit-il d'une voix étranglée. Lord repart avec eux.
Il respira profondément pour contenir son émotion. Il prit la laisse que tenait Cécile et caressa son chien.
– Viens, bonhomme, allons-y.
– Je t'accompagne, dit Cécile d'un ton résolu.
Elle passa devant eux et ouvrit la porte du bureau.
– Bonjour, Cécile, lança joyeusement Mme McCormack. M. Élias nous disait justement qu'Arthur

s'était lié d'amitié avec son camarade de chambre...
Arthur ne répondit pas. Cécile s'éclaircit la gorge avant de murmurer :

– Oui, je crois...

– C'est charmant, reprit sa mère. Je suis sûre qu'Arthur est ravi. J'aimerais beaucoup rester discuter avec toi, ma petite Cécile, mais le temps presse, nous devons repartir.

Arthur ruminait dans son coin. Il caressa Lord et sentit qu'il battait joyeusement de la queue. Le chien ne savait pas ce qui l'attendait. Si seulement il pouvait trouver un moyen de le garder près de lui !

Il était trop tard à présent. Ses parents l'emmenaient déjà. Accroché au bras de Cécile, il les suivit jusqu'à leur voiture de location.

– Bien, Lord, dit son père. Allez, monte à l'arrière.

– Une minute encore, intervint Arthur.

Il s'agenouilla près de son chien et le serra une dernière fois contre lui.

– Au revoir, bonhomme, murmura-t-il à son oreille. Je n'ai rien pu faire contre ça, mais tu reviendras, c'est promis.

Arthur abandonna Lord à regret et se releva pour embrasser ses parents. Tout en détournant la tête, il remit à son père la laisse de Lord. Le chien commença à gémir.

– Allons, Lord ! lança le père d'Arthur, un peu embarrassé.

– Va, mon chien, dit bravement Arthur. N'oublie pas ce que je t'ai promis.

19

Ponk ! Ponk !

La voiture roulait au milieu d'un troupeau de véhicules qui dégageaient une fumée malodorante.

Pourquoi le Garçon l'avait-il renvoyé ? Il connaissait le danger à présent. Le Garçon savait pourtant qu'il avait besoin de son aide. Il devait s'enfuir, retourner près de lui. Le Garçon ne devait pas rester seul, le danger devenait plus fort d'heure en heure. Mais il était prisonnier de cette voiture.

Heeeeek ! *La voiture grinça et ralentit. Elle s'arrêta. L'homme au volant se mit à crier.*

Plus la voiture bougeait, plus elle l'éloignait du Garçon. Il devait s'enfuir, profiter de ce que la voiture était à l'arrêt.

Ponk ! Ponk !

Dehors, il y avait une route. Une route qui le ramènerait vers le Garçon. C'était maintenant ou jamais. La vitre à côté de lui était entrouverte. Il rassembla toute son énergie et força l'étroit passage. Il retomba

lourdement sur la route. Il était libre de courir.
Il entendit des cris derrière lui. L'Homme et la Femme s'élançaient à sa poursuite. Pris de panique, il bondit par-dessus la balustrade et atterrit sur une autre route où les voitures roulaient en sens inverse.
Il courut aussi vite que possible. Il allait bientôt atteindre l'autre côté.
Heeeeek !
Il s'immobilisa face au bruit. Une grosse voiture fonçait sur lui. Elle allait le percuter d'une seconde à l'autre !

20

Assis à son bureau, Arthur travaillait à son devoir d'histoire. Ses doigts couraient sur le clavier de sa machine à écrire en braille, mais son esprit était ailleurs. Ses pensées revenaient sans cesse vers Lord. Le chien avait considérablement amélioré sa vie. Lord l'aidait à se déplacer, il le protégeait de tout danger. Il était une compagnie de chaque instant. Comment faire à présent qu'il n'était plus là ?

Des coups frappés à sa porte le ramenèrent à la réalité.

– Salut, Arthur. M. Élias veut te voir maintenant.

Il reconnut la voix de Frédéric, le garçon chargé de délivrer les messages pour la semaine.

Arthur longea la rampe d'escalier et descendit les marches qui menaient au bureau du censeur. Il frappa à la porte.

– Entre, Arthur, dit M. Élias. Je t'en prie, assieds-toi.

Aussitôt, Arthur perçut comme un léger malaise. Il

alla prendre place sur le siège en face du bureau et attendit. M. Élias s'éclaircit la gorge.

– Arthur, j'ai une mauvaise nouvelle à t'apprendre, je suis désolé.

Une mauvaise nouvelle ? Que pouvait-il encore lui arriver ?

– Tes parents viennent de m'appeler, poursuivit le censeur. Il semblerait que Lord se soit échappé de la voiture alors qu'ils étaient bloqués sur l'autoroute.

Le sang d'Arthur se glaça.

– Que s'est-il passé ? s'exclama-t-il, craignant le pire.

– Apparemment, il aurait paniqué et se serait enfui par la vitre arrière. Tes parents étaient pris dans la circulation et il leur a fallu quelques minutes avant de pouvoir se ranger sur le côté.

– L'ont-ils retrouvé ?

– Hélas, non. Ton père a parcouru les deux voies de l'autoroute sans trouver aucune trace de lui.

– Ça veut dire qu'il n'a pas été écrasé, soupira Arthur, soulagé.

– En tout cas, pas à l'endroit où il s'est échappé, rectifia M. Élias.

– Je le retrouverai, affirma Arthur.

– Peut-être, mais, à ta place, je n'y compterais pas trop. Tu vas devoir te faire à l'idée qu'il est parti pour de bon.

– Pas Lord. Je ne peux pas croire ça.

Le censeur resta silencieux un long moment avant de reprendre d'une voix enjouée :

– À part cela, comment se passent tes révisions ?
– Pas de problème, répondit Arthur, absent.
– Tes parents sont désolés de ce qui vient d'arriver. Ils m'ont chargé de te le dire.
Arthur bafouilla un vague remerciement. Il n'écoutait déjà plus.
À son retour dans sa chambre, Valentin l'accueillit avec un enthousiasme forcé.
– Que se passe-t-il ? On dirait que tu viens de perdre ton meilleur ami...
– C'est le cas, répondit Arthur en cherchant à maîtriser ses émotions. Mais tu es déjà au courant.
– Je sais que tes parents ont emporté le chien, hésita Valentin.
– Il y a pis encore. Lord a quitté la voiture et il a pris la fuite.
– Je suis désolé, dit-il sur un ton qui sonnait faux. Je n'aimais pas trop ce chien, mais, en tout cas, je n'ai pas souhaité cela.
– C'est arrivé, voilà tout...
Un long silence se fit.
– Écoute, reprit Valentin. Je dois aller faire mes corvées quotidiennes, mais, si tu as besoin d'aide plus tard pour tes révisions, fais-le-moi savoir.
– C'est d'accord. Merci, Valentin.
Après le départ de son compagnon de chambre, Arthur alla s'asseoir sur son lit. Il n'avait plus aucune envie de poursuivre son travail.
« Je ne peux pas croire qu'il soit parti pour de bon », pensa-t-il.

D'abord, Lord ne paniquait jamais en voiture. Il s'était donc enfui exprès. « Il l'a fait pour me rejoindre, pour me protéger. Il veut me sauver de cette chose démoniaque que j'ai libérée de la caverne. »
Une image terrible s'imposa à lui. Lord était seul, blessé peut-être, perdu quelque part dans la Vallée fantôme. C'est alors qu'il comprit où se trouvait son chien. « Il est au village des Ombres ! » C'était évident ! Il ne pouvait être que là-bas.
« Je dois l'aider. Il ne pourra pas affronter la chose à lui seul. Je dois aller au village dès ce soir. »
Sa décision prise, Arthur retrouva son calme. Il avait peur de l'esprit des ténèbres, mais, avec Lord, il pouvait tout entreprendre. Il prit son sac à dos dans son armoire et y déposa une couverture, une trousse de premiers secours et quelques barres chocolatées.
– Qu'est-ce que tu fais ?
Arthur sursauta. Accaparé par ses préparatifs, il n'avait pas entendu entrer Cécile.
– Je fais mon sac, répondit-il, évasif.
– Valentin m'a appris pour Lord. Je suis désolée. Je n'arrive pas à croire qu'il se soit enfui.
– Ce n'est pas le cas.
Il expliqua alors sa théorie à Cécile.
– C'est possible, répondit-elle. Mais c'est quand même un long trajet pour un chien.
– L'autoroute est à peine à six kilomètres d'ici. C'est M. Élias qui me l'a dit. Six kilomètres, ce n'est rien pour un chien comme Lord.

– Nous pourrons aller vérifier demain si tu veux.
– Demain, il sera trop tard, affirma Arthur. Je vais y aller dès ce soir.
– Au village des Ombres ? s'exclama Cécile.
– Je dois le faire.
Malgré ses craintes, Arthur s'efforçait de parler avec calme :
– Il a risqué sa vie pour me protéger. Je dois lui rendre la pareille.
– Dans ce cas, je t'accompagne, annonça brusquement Cécile.
– Je ne te demande rien.
– Je sais, mais je ne te laisserai pas y aller seul.
Bien qu'il n'en laissât rien paraître, Arthur fut soulagé de savoir que Cécile serait près de lui.
– Bien. On se retrouve après l'extinction des feux...
Quatre heures plus tard, Arthur et Cécile étaient devant l'entrée déserte du collège. Les bâtiments se dressaient derrière eux, silencieux et froids.
– On aura de gros ennuis si on se fait prendre, murmura Cécile.
– Je sais, mais tu peux toujours abandonner, lui proposa Arthur.
– Pas question.
Cécile entraîna Arthur sur le sentier qui contournait l'école. Le gravier crissait doucement sous leurs pas.
– Heureusement, c'est la pleine lune, murmura-t-elle.
– Est-ce que ça rend la nuit moins effrayante ?

– Oui et non... La lune donne un aspect étrange aux choses. Tout est gris et laiteux.
– D'une certaine manière, il vaut mieux que je ne voie pas, plaisanta Arthur. Cela m'évite d'imaginer des choses effrayantes.
– Très drôle, maugréa Cécile.
Elle ouvrait la marche et Arthur la suivait, une main posée sur son épaule.
– Que vois-tu ? demanda soudain Arthur.
– Pas grand-chose. Ma lampe torche n'éclaire qu'à quelques pas devant moi et...
Cécile s'arrêta soudain, alarmée :
– Qu'est-ce que c'est ? Tu entends ?
Arthur dressa l'oreille et haussa les épaules.
– Ce n'est qu'un hibou, dit-il. On l'entend mieux la nuit parce que tout est silencieux.
– Je pensais que c'était... Rien, oublie ça.
Cécile reprit sa progression, mais elle accéléra légèrement le pas.
– Tu n'as pas eu peur, n'est-ce pas ? demanda bientôt Arthur.
– Bien sûr que non ! s'exclama-t-elle avec un petit rire qui sonnait faux.
– Je me demandais..., reprit-il. Tu sais, je ne fais pas la différence entre la nuit et le jour.
– C'est une expérience passionnante, admit Cécile.
Le temps qu'ils atteignent les ruines, Arthur sentit que son amie était plus calme.
– Est-ce que tu y vois mieux ? demanda-t-il.
– Pas vraiment...

Arthur sentait les mouvements du bras de son amie qui balayait lentement le chemin avec sa lampe torche.

– Ça y est ! lança-t-elle soudain. J'aperçois le rocher !

– Vois-tu Lord ?

Cécile demeura silencieuse un instant, puis poussa un profond soupir.

– Désolée, je ne l'aperçois pas.

Les espoirs du garçon retombèrent d'un coup. Quelle déception ! Il était pourtant persuadé de le trouver ici-même. Où pouvait-il bien être ? Gisait-il sur le bord de la route, blessé ou pis encore ? Peut-être n'était-il pas encore arrivé ?

C'est alors qu'il entendit un bruit, comme un gémissement étouffé.

– Tu as entendu ? s'exclama Cécile.

– C'est Lord ! Le bruit vient de là !

– C'est tout près de la caverne.

Cécile reprit sa progression. Elle avançait prudemment, Arthur à sa suite.

– Ça vient de l'intérieur de la caverne, annonça-t-elle finalement.

– Lord ! s'écria Arthur. Je suis là, bonhomme !

Il dressa l'oreille, mais les gémissements avaient cessé. Pendant un instant, Arthur se demanda s'il n'avait pas rêvé.

– Éclaire l'entrée de la caverne, demanda-t-il.

– D'accord, attends... Hé ! Il y a des empreintes de pattes ! Elles sont récentes !

Arthur s'avança vers l'entrée de la grotte.
– Lord ! hurla-t-il de nouveau.
– Il n'est plus là.
– Alors il se trouve à l'intérieur. Attends-moi, j'y vais.
– Tu es fou ! s'exclama Cécile d'une voix tremblante. Tu ne peux pas faire ça ! Nous sommes au beau milieu de la nuit ! Tu ne sais pas ce...
– Je n'ai pas peur, trancha Arthur.
– Moi, si ! répliqua-t-elle, paniquée. Si tu fais un pas de plus, je te préviens, Arthur McCormack ! Je... j'appelle ton père ! Repartons, s'il te plaît. Allons chercher de l'aide !
– Et nous allons dire quoi ? « Mon chien, vous savez, celui qui a disparu. Il est dans une caverne et il affronte un fantôme ! » Et puis ça prendrait trop longtemps. Lord est sans doute en danger.
Arthur prit son sac à dos et déploya sa canne télescopique. Il lâcha l'épaule de Cécile et s'avança en tâtonnant le sol.
– Arthur ! protesta-t-elle. Je t'interdis de faire ça !
– Attends-moi là.
– C'est trop dangereux ! Je ne te laisserai pas faire !
En s'approchant de l'ouverture, Arthur sentit le souffle d'air froid qui s'échappait de la caverne. Il explora l'espace entre le rocher et l'entrée. Il avait largement la place de s'y glisser
– Arthur ! Reviens immédiatement !
Il sentit que Cécile cherchait à le retenir par le bras. Il se dégagea doucement.

– Laisse-moi, s’il te plaît. Je dois le faire pour Lord.
– Mais Arthur, tu ...
Ses protestations s’achevèrent en un hurlement de terreur.
– Arthur ! Au secours ! Quelque chose m’entraîne à l’intérieur !

21

Noir. Il était dans le noir total. Il n'y avait pas le moindre rayon de lumière pour apercevoir l'ennemi. Mais il n'avait pas besoin de cela pour savoir que le danger l'entourait. Il pouvait flairer l'odeur du mal tout autour de lui. Le bruit malsain de la chose bourdonnait à ses oreilles.

Le Garçon était là, avec son amie, la Fille. Il avait voulu aboyer, les avertir de s'éloigner. Mais la chose l'avait entraîné dans cet endroit obscur avant qu'il puisse le faire.

Il raclait à présent la surface lisse de la roche. Il devait y avoir une issue. Il devait en trouver une. Le Garçon était à la merci de la chose. Il devait sortir et courir à son aide.

22

– Cécile !

Arthur resta un instant pétrifié d'horreur.

– Au secours ! hurla-t-elle de nouveau. Quelque chose m'entraîne dans la caverne !

Arthur abandonna sa canne et fouetta l'air, bras tendus. Sa main droite se referma sur le poignet de Cécile.

– Il m'attire ! Arthur ! Ne me lâche pas ! s'écria-t-elle, hystérique.

Arthur agrippa l'autre poignet de Cécile et tenta de la retenir. Hélas, la chose avait une force surhumaine. Bientôt, il fut propulsé en avant et il tomba violemment, à plat ventre sur le sol.

Il se releva et écarta les jambes pour maintenir son équilibre. Son pied rencontra une racine qui dépassait de la terre meuble. Il s'y accrocha frénétiquement, assurant la prise avec un pied. Grognant sous l'effort, il enserra de nouveau les poignets de son amie.

Ses hurlements déchiraient les tympans.

– Ahhhh ! Ça fait mal !
– Tiens bon ! cria Arthur.
Arthur luttait de toutes ses forces, mais il sentit bientôt qu'il allait lâcher prise. Il se débattit pour mieux s'ancrer à la racine. En vain. La chose était la plus forte.
Il n'y eut plus de lutte. Accroché à son amie, Arthur fut happé avec elle dans les entrailles de la caverne.

Arthur se redressa, encore sous le choc. Il venait de heurter violemment le sol, au terme d'une longue chute. Il bougea prudemment ses bras et ses jambes et constata avec soulagement qu'il n'était pas blessé.
– Cécile ? Tout va bien ?
La voix de son amie s'éleva sur sa droite.
– Je crois...
– Où sommes-nous ?
– La lampe s'est éteinte, mais je perçois une vague lueur à environ trois mètres au-dessus de nous. Ce doit être l'entrée de la caverne.
Cécile secoua violemment la lampe torche et Arthur perçut le cliquetis de l'interrupteur.
– Ça marche ! s'écria-t-elle.
Aussitôt, elle émit un grognement.
– Nous sommes bloqués ici, annonça-t-elle d'une voix tremblante. Les parois sont lisses !
– Il doit y avoir une autre issue, répondit Arthur, qui se voulait rassurant. Mais d'abord nous devons retrouver Lord.
– Comment ? Et si l'esprit...

Cécile se tut. Elle était au bord des larmes.
– N'y pensons pas pour l'instant, trancha Arthur.
Il se leva avec détermination et se mit à décrire des cercles de plus en plus grands pour évaluer les dimensions de la caverne.
– Tu sens ça ? lança-t-il brusquement.
– Quoi donc ?
– Un courant d'air...
Il s'avança, bras tendus, vers la source d'air frais et découvrit bientôt un léger renfoncement dans la roche.
– Cécile. Que vois-tu là ?
– Rien qu'une faille...
Arthur s'accroupit tout en palpant la surface.
– Il y a un passage près du sol, s'exclama-t-il. On peut s'y glisser !
– Nous n'allons pas nous enfoncer dans cette caverne !
– Nous n'avons pas le choix. C'est le seul moyen de trouver une autre sortie et notre unique chance de retrouver Lord.
Sur ces mots, Arthur se faufila dans l'étroit boyau.
– À ton tour, lança-t-il.
Quelques secondes plus tard, Cécile le suivait.
Presque aussitôt, le passage s'élargit. À en juger par l'écho, ils avaient débouché dans une vaste salle.
– Où sommes-nous ?
– C'est fantastique ! s'émerveilla Cécile, oubliant ses craintes pour un instant. Nous sommes entourés

de stalactites. C'est... c'est vraiment immense.
– Tu aperçois une sortie ?
Cécile balaya les environs du faisceau de sa lampe torche.
– Il y a un tunnel au fond de la caverne, annonça-t-elle bientôt.
Arthur reprit appui sur son épaule afin qu'elle le guide. Le souffle d'air frais était plus vif à présent. Elle s'arrêta devant la bouche sombre du tunnel pour qu'Arthur puisse en évaluer les dimensions.
– Allons-y, lança-t-elle avec détermination. Nous allons bien trouver une sortie.
Ils avançaient lentement, Cécile ouvrant la marche. Le tunnel se rétrécit au bout de quelques mètres et se couda à plusieurs reprises.
– Nous nous enfonçons, murmura Cécile.
– Tu as raison. On s'éloigne de la surface.
Arthur dut bientôt s'arrêter pour reprendre son souffle. Le sol en pente douce devenait glissant et il avait du mal à conserver son équilibre. De temps à autre, il appelait Lord, mais la seule réponse qui lui revenait était l'écho déformé de sa voix.
– Fais attention ! annonça soudain Cécile. On arrive devant un virage serré.
Arthur ôta sa main de l'épaule de son amie afin d'assurer son équilibre. Mais quand il avança de nouveau son bras, il ne rencontra que le vide.
– Hé ! Attends-moi ! lança-t-il.
Pas de réponse.
– Cécile ?

Sa voix se perdit dans le silence.
« Ce n'est pas le moment de plaisanter », se dit-il nerveusement.
Arthur se faufila péniblement dans l'angle du tunnel.
– Allez, Cécile ! Reviens !
Son appel résonna dans le vide. Son amie avait bel et bien disparu !

23

Arthur n'avait encore jamais ressenti un tel sentiment de solitude. Ses deux meilleurs amis, Cécile et Lord, s'étaient volatilisés.

– Cécile ? hurla-t-il. Cécile !

Son cri se perdit dans le silence.

– Lord ? Viens, bonhomme !

Il s'immobilisa, tous ses sens en alerte. Hormis l'écoulement régulier de l'eau suintant des parois, la caverne restait silencieuse.

« Que puis-je faire ? Pourrai-je seulement les retrouver ? »

Arthur palpa méthodiquement la roche, à l'endroit où son amie avait disparu. Il ne découvrit aucun indice lui permettant de comprendre ce qui s'était passé.

Pour la première fois de sa vie, Arthur aurait aimé avoir une arme. Il s'agenouilla et explora le sol, à la recherche d'une pierre pointue. Sa main se referma bientôt sur un tube métallique : la lampe torche de

Cécile. L'objet possédait un anneau à son extrémité et il le passa dans la boucle de son ceinturon.
« C'est lourd et solide, pensa-t-il en soupesant la lampe. Mais pourrai-je affronter un démon avec ça ? »
– Arrête d'avoir peur ! lança-t-il à haute voix.
La seule chose à faire était de suivre le courant d'air frais. Il finirait bien par découvrir une sortie. S'il ne trouvait pas Cécile et Lord entre-temps, il retournerait à l'école pour chercher de l'aide.
Fort de cette résolution, Arthur repartit dans le boyau étroit qui serpentait au cœur de la colline. Il progressait lentement, les mains plaquées à la paroi.
Il atteignit bientôt une bifurcation. Le souffle froid semblait venir du couloir de droite. Arthur s'y engagea, mais, presque aussitôt, le sol descendit en pente raide. Pris par surprise, le garçon glissa et tomba lourdement. Sans même se relever, il tâtonna autour de lui. Quand sa main ne rencontra que le vide, il comprit qu'un côté du tunnel s'ouvrait sur un gouffre. Il lança une pierre et attendit. L'écho ne lui parvint que bien longtemps après.
Son cœur battant la chamade, Arthur recula et se plaqua contre la paroi opposée. Il poursuivit lentement sa descente tout en sondant le sol du bout du pied.
« Reste concentré et suis le courant d'air. »
Soudain le souffle se modifia. Ce n'était plus une caresse fraîche mais une gifle froide, une morsure suffocante. Conscient du danger, Arthur s'immobilisa, tremblant de tous ses membres. Alors, l'étrange

bourdonnement résonna, plus fort que jamais. Les murs de la caverne semblaient vibrer.
Petit à petit, le son se modula, comme pour former des phrases. Arthur se concentra, cherchant à comprendre. Était-ce son imagination ou entendait-il une voix ?
« Tu as envahi mon domaine ! », semblait-elle dire. Les mots, si c'étaient bien des mots, jaillissaient de partout à la fois.
– Non ! hurla Arthur. Je ne voulais pas venir ici ! Je ne voulais pas vous déranger !
« C'est toi qui m'as emprisonné, je le sais ! »
– Non ! protesta Arthur. J'ai seulement déplacé le rocher ! C'était un accident !
Arthur comprit alors pourquoi l'esprit n'avait cessé de l'agresser : il le prenait pour l'Indien qui l'avait enfermé dans la caverne.
– Où est Cécile ? Que lui avez-vous fait ?
« Elle est avec moi. Nous t'attendons. »
Les vibrations s'amplifièrent jusqu'à devenir douloureuses. Soudain, elles disparurent, en même temps que le souffle glacé.
Arthur s'adossa contre la paroi et attendit que les battements de son cœur retrouvent un rythme régulier. Jamais il n'avait eu aussi peur de toute son existence. Où l'esprit avait-il emporté Cécile ? Il devait la retrouver et fuir au plus vite cette caverne de malheur. Mais comment ? Arthur reprit lentement sa progression, quand soudain il entendit un nouveau bruit, lointain, comme une plainte étouffée.

C'était Cécile ! Sa voix semblait surgir de partout. L'écho rebondissait sur le sol et les murs.
– Cécile ? hurla-t-il. Où es-tu ?
– Ici ! Arthur ! À l'aide !
– J'arrive ! Tiens bon !
À son grand désespoir, Arthur réalisa alors qu'il s'était engagé dans le mauvais couloir quand le tunnel s'était scindé en deux.
« Reste calme ! », se dit-il. Il s'efforça de respirer lentement avant de reconsidérer la situation. D'après l'écho, il sut qu'il se dirigeait vers une vaste caverne. Il devait la rejoindre au plus vite, puis, guidé par le son de sa voix, retrouver Cécile.
Arthur respira profondément et fit appel à son sixième sens. Quand il se concentrait vraiment, son corps pouvait ressentir la proximité d'un obstacle. Il reprit lentement la descente.
Les appels de Cécile étaient plus distincts. Arthur touchait au but, mais, dans le même temps, la pente s'accentuait. Soudain, il glissa. La pente l'entraînait, de plus en plus vite ! Il eut l'impression de sombrer dans un puits sans fond.
Quand il s'immobilisa enfin, Arthur comprit qu'il avait atteint le sol de la caverne. Les gouttes d'eau qui tombaient de la roche résonnaient, amplifiées et lointaines. L'endroit était immense. Il entendait clairement Cécile. Elle se trouvait de l'autre côté, bien au-dessus de lui.
Arthur s'élança vers les cris. Il avait l'impression de marcher sur une plage, de fouler de gros galets qui

roulaient sous ses pieds. Il était difficile d'avancer. Intrigué, il s'agenouilla et ramassa une pierre. C'était une matière bizarre, légère. L'objet était arrondi, avec deux trous sur une face. Cela ressemblait à... Arthur tressaillit en comprenant ce qu'il tenait et il le relâcha avec horreur. C'était un crâne humain !
Toutes les pierres qu'il avait piétinées n'étaient que des os et des crânes. Il y en avait des centaines !

24

Arthur faillit s'évanouir. Ainsi donc, la légende disait vrai ! Le sol de la caverne était réellement tapissé d'ossements humains. Mais il n'eut pas le temps de réfléchir à cette macabre découverte : les bourdonnements avaient repris. Toutefois, ils étaient assourdis. Plutôt que d'occuper tout l'espace, ils semblaient se concentrer à l'endroit même où Arthur avait entendu les appels de Cécile.

Arthur s'élança en direction du bruit. Finalement, il atteignit l'autre côté de la caverne. Son amie se trouvait bien au-dessus de lui, sans doute sur un parapet ou dans un tunnel s'ouvrant sur le vide.

Il longea la paroi, à la recherche d'un chemin qui le mènerait là-haut. Il ne rencontra qu'une muraille abrupte.

– Au secours, Arthur ! criait Cécile. Il m'étouffe !

Il n'avait plus de temps à perdre, il devait escalader la roche.

– Tiens bon ! J'arrive ! lança-t-il.

Les conseils de M. Tam lui revinrent en mémoire : « L'escalade est un exercice périlleux, même lorsque l'on voit. Il faut absolument trouver des prises assez solides. » Maintenant il ne s'agissait plus d'un exercice. C'était une vraie paroi et il n'aurait aucun harnais pour le retenir. S'il lâchait prise ou s'il restait bloqué, personne ne lui viendrait en aide.

Les cris désespérés de Cécile résonnèrent dans les hauteurs.

– Arthur ! Au secours !

Arthur n'avait plus le choix. Rassemblant son courage, il se plaqua contre la muraille et entama lentement la montée.

Il gravit les premiers mètres sans difficulté. La paroi était irrégulière, percée de nombreuses niches. Mais la roche fragile s'effritait sous ses doigts. Il allait prendre appui sur un morceau en saillie quand le rocher céda avec un craquement sinistre !

Arthur s'immobilisa, collé à la muraille. Le fracas des gravats contre le tapis d'ossements résonna dans toute la caverne.

« Je n'y arriverai jamais », pensa-t-il. Mais il ne pouvait plus abandonner. Cécile était en danger. Ses plaintes devenaient de plus en plus faibles.

– Je suis là, Cécile, n'aie pas peur !

Il reprit l'escalade, sans réfléchir. Toutes ses pensées étaient concentrées sur le bout de rocher suivant qui le ferait progresser encore de quelques centimètres. Il était couvert de sueur. Chaque mouvement lui arrachait des grimaces de douleur. Il ne sentait plus

le bout de ses doigts. Sans doute étaient-ils en sang.
« Combien de temps vais-je encore tenir ? »
Il avait déjà franchi l'équivalent de la falaise de l'école, mais les appels de Cécile étaient encore lointains. Heureusement, il atteignit un parapet assez large pour qu'il puisse s'y asseoir et reprendre son souffle.
« Je dois repartir », s'encouragea-t-il.
Accroché à la roche telle une araignée, il se rapprochait des bourdonnements de la chose. Cécile s'épuisait à chaque seconde. Ses plaintes n'étaient plus qu'un vague murmure.
« Je ne suis plus très loin », se répétait-il.
Ses mains accrochèrent un nouveau parapet et Arthur entendit clairement la respiration lourde de Cécile. Il avait réussi !
Il chercha un point d'appui pour ses pieds. Mais, alors qu'il se hissait, il sentit une force qui le repoussait. L'esprit était là. Arthur hurla. Ses doigts raclaient frénétiquement la roche. Inutile, le bord du parapet s'effritait. La chose était trop puissante. Il lâcha prise et retomba en arrière.

25

Son hurlement se perdit dans les profondeurs de la caverne et Arthur atterrit lourdement sur le parapet où il s'était reposé l'instant d'avant.

Aussitôt, il se plaqua contre la paroi. Son épaule le faisait atrocement souffrir, mais il constata avec soulagement que rien n'était cassé.

– Cécile ? lança-t-il.

Pas de réponse. Rongé d'inquiétude, Arthur bondit de nouveau sur ses pieds. L'escalade serait plus facile maintenant qu'il avait pris ses marques.

Il repartit à l'assaut de la paroi. Son corps douloureux tremblait sous l'effort, mais il n'y avait plus de temps à perdre. Ses doigts rencontrèrent enfin le rebord du parapet. Cette fois, il palpa prudemment la roche avant d'y peser de tout son poids. Arthur se hissa à la force des bras et, d'un violent coup de reins, se propulsa sur le parapet.

– Cécile ? Où es-tu ?

– Ici ! murmura une voix affaiblie. J'ai si froid...

Arthur rampa vers son amie. Les bourdonnements terrifiants avaient repris. Ils occupaient tout l'espace. Comme il approchait, il fut saisi par la vague de froid.

– Non... Pitié..., gémit Cécile.

Arthur plongea au cœur du souffle givré qui recouvrait son amie et l'étouffait peu à peu.

– Tout va bien ! cria-t-il. Je suis là.

Arthur empoigna Cécile et tenta de l'attirer à lui. Rien à faire : la chose se refermait comme un étau sur sa proie. Alors Arthur s'allongea sur son amie, faisant écran de son corps.

Les vibrations redoublèrent de violence et la chose s'empara de lui.

Une matière épaisse et froide se plaqua sur son visage, cherchant à s'infiltrer dans sa bouche, ses narines. L'esprit des ténèbres aspirait inexorablement l'air de ses poumons. N'y tenant plus, il roula vivement sur le côté. Le brouillard ne le lâcha pas d'un pouce. Il entendit alors Cécile qui s'écriait :

– Arthur ! Que se passe-t-il ?

Arthur ne répondit pas. Les bourdonnements se transformèrent en un rire démoniaque. L'esprit des ténèbres savourait sa victoire. Le garçon sentit que ses forces l'abandonnaient.

Dans un ultime sursaut d'énergie, il se débattit avec rage, mais l'air lui manquait. Arthur allait s'évanouir quand quelque chose le heurta violemment. Des grognements furieux résonnèrent sur les parois de la caverne.

C'était Lord !
Libéré de son fardeau, Arthur avala une bouffée d'air frais. Le chien l'avait tiré en arrière et le brouillard venait de lâcher prise.
Il s'assit, encore sous le choc. Lord luttait contre l'entité. Il grognait avec rage, ses griffes raclant la pierre. Arthur rampa vers Cécile qui se jeta dans ses bras.
– Il fait si sombre, gémit-elle, terrifiée.
– Chuut ! Tout va bien, murmura-t-il.
Arthur se souvint alors de la lampe torche accrochée à sa ceinture et il l'alluma.
– C'est mieux comme ça ? demanda-t-il.
– Oh ! lança-t-elle. Lord combat la chose !
Les grognements du chien se mêlaient au bourdonnement furieux de l'esprit. Le vacarme était assourdissant. Arthur pointa le faisceau lumineux en direction du bruit. Il sentit brusquement que l'air se réchauffait.
– Oh ! s'écria Cécile. Il craint la lumière ! Éclaire-le ! Vite !
Arthur continua de braquer la lampe et, à sa grande stupéfaction, le bourdonnement s'éloigna. Aussitôt, Lord bondit sur son maître et entreprit de lui lécher le visage.
– Mais oui ! s'écria Cécile. Il n'est jamais apparu en plein jour ! Il attaquait seulement la nuit, ou quand le ciel était couvert !
« Cécile a raison », pensa Arthur. La chose s'était affaiblie quand il l'avait éclairée.

– On peut la détruire avec la lumière, conclut-il en se relevant.
Arthur fit appel à tous ses sens pour capter le froid généré par l'esprit et il s'avança lentement à sa suite. Les bourdonnements avaient perdu de leur hargne. Ils résonnaient maintenant comme des cris de douleur.
La chose fit une brusque volte-face et fila vers la gauche. Arthur allait la suivre quand il comprit qu'elle cherchait à l'entraîner vers le vide. Il braqua la lampe pour l'empêcher de fuir. Il parvint à l'acculer contre la paroi.
Soudain, Lord l'accrocha par la jambe de son pantalon pour le tirer vers Cécile.
– Arrête ! s'écria-t-il. Je sais ce que je fais !
Sourd à ses protestations, Lord tirait de plus belle.
– Je crois comprendre ce qu'il cherche à dire ! s'exclama Cécile. Il y a un trou dans la roche, sur ta droite !
Arthur comprit à son tour. La chose perdait ses forces. Elle se racornissait peu à peu. Usant du rayon de lumière comme d'une pique, Arthur se servit de tous ses sens pour la pousser dans ses derniers retranchements. Petit à petit, il la chassait vers la faille dans la roche. Derrière lui, Lord aboyait furieusement, comme pour l'encourager.
« J'y suis presque, pensa-t-il. Je n'ai plus qu'à la coincer dans le trou et la viser avec la lumière. »
– Ça y est ! hurla Cécile. Elle est rentrée !
Arthur immobilisa son bras et approcha la lampe de

la cavité. Soudain, un froid intense s'empara de sa main. Réagissant comme une bête traquée, la chose avait lancé une dernière attaque. Surpris par la morsure glaciale, Arthur lâcha la lampe. Il allait la ramasser quand Cécile poussa un cri de terreur :

– Arthur ! La lumière s'est éteinte !

26

Arthur ramassa la lampe torche et la frappa violemment du plat de la main pour la rallumer. Avant même de savoir s'il avait réussi, il entendit un raclement sourd. Les bourdonnements de la chose lui parvinrent assourdis. Puis, plus rien.

Un silence hébété retomba sur la caverne.

– On a gagné ! s'écria Cécile.

– Comment ? s'étonna Arthur.

– L'esprit ! On l'a eu ! Tu l'as repoussé dans la faille et j'ai bloqué l'ouverture avec un rocher. Il est prisonnier, Arthur ! Il ne peut plus sortir !

« C'est fini, pensa Arthur. Le cauchemar est enfin terminé. »

La tension accumulée au fil des dernières heures s'envola d'un coup et Arthur dut s'adosser à la paroi.

– La lampe faiblit, reprit Cécile. Les piles doivent être mortes.

Lord posa ses pattes sur les épaules de son maître et

lui lécha le visage. Arthur étreignit son chien et, peu à peu, il retrouva son calme.
Il reporta son attention sur son amie.
– Dis-moi, Cécile. Que s'est-il passé dans le tunnel ?
– Je n'en sais rien, répondit-elle. J'ai eu très froid d'un seul coup et j'ai senti qu'on m'emportait. Avant même de comprendre ce qui m'arrivait, j'étais sur ce promontoire. J'ai eu la peur de ma vie !
– L'esprit ne te voulait pas de mal. C'est moi qu'il cherchait à atteindre. Il jouait avec moi comme un chat avec une souris. Tu n'étais qu'un appât.
Cécile fut prise d'un rire nerveux :
– L'esprit était le chat, toi la souris... et Lord ?
– Lord ? Je crois qu'il était... le chien !
Arthur rit malgré lui, et Cécile l'imita. Mais elle s'arrêta vite :
– Arthur ! La lumière faiblit... Elle s'éteint !
– Tout va bien, la rassura-t-il. Nous n'avons plus rien à craindre.
Arthur se redressa et prit Cécile par la main.
– Suis-moi. Je n'ai pas besoin de lumière pour sortir d'ici.
Lentement, Arthur et Cécile repartirent par les tunnels tortueux, Lord ouvrant la marche. Guidés par le courant d'air frais, ils s'éloignaient peu à peu de la caverne et de ses cauchemars. Bientôt, Cécile serra le bras d'Arthur.
– J'aperçois de la lumière ! s'écria-t-elle. Nous avons trouvé une sortie !
Elle s'élança d'un pas rapide et Arthur dut

s'accrocher à elle pour la suivre. Lord aboyait joyeusement à son côté. Enfin, ils émergèrent à l'air libre.
– Le jour se lève, annonça-t-elle.
Ils demeurèrent un instant en silence, à savourer la brise tiède du matin.
« Une belle journée commence », pensa Arthur.
Quelque part derrière eux, dans les entrailles glacées de la colline, l'esprit des ténèbres était emmuré. Et il y resterait à jamais.

ÉPILOGUE

Quelques jours plus tard, Arthur, Lord et Cécile cheminaient tranquillement en direction des classes.

– Je suis heureuse que vous puissiez rester tous les deux, dit Cécile.

– Je ne pensais pas que mes parents accepteraient, mais M. Élias leur a raconté comment Lord était revenu pour nous sauver dans la caverne...

– Tes résultats y sont aussi pour beaucoup. Tu es premier dans toutes les matières.

– Il y a encore un problème...

– Je sais, murmura Cécile. Il arrive droit sur nous.

– Salut tout le monde, lança Valentin.

– Salut, dit Arthur, vaguement embarrassé. Écoute, je suis désolé pour ta...

– Oublie ça, le rassura Valentin. Tout le monde ne parle que de votre sauvetage dans la grotte. Tu as le chien le plus célèbre de toute la Vallée.

– Le plus intelligent aussi, s'empressa d'ajouter Cécile.

– M. Élias a proposé que tu changes de chambre, hasarda Arthur.
– Je sais, il m'a prévenu... Si tu es d'accord, j'aimerais rester avec toi... et Lord.
Il y eut un silence gêné. Arthur et Cécile ne savaient pas quoi répondre.
– Je dois t'avouer une chose, reprit Valentin. Quand j'étais petit, j'ai été attaqué par le chien de mes voisins. Et c'est vrai que les chiens me font toujours un peu peur. Mais Lord est différent. Je crois que je pourrais m'entendre avec lui...
– Qu'en dis-tu, bonhomme ? demanda Arthur en flattant son chien.
Lord aboya et s'assit sagement. Valentin s'accroupit à côté de lui et avança une main hésitante.
– Copains ? dit-il au chien.
Lord l'observa un instant, la tête penchée sur le côté et il déposa sa patte dans la main de Valentin. Il aboya de nouveau, comme pour dire : « C'est d'accord. »

FIN

EXTRAIT

Et pour trembler
encore dans la

VALLÉE FANTÔME

lis
ces quelques pages de

LE SECRET DU PENDU

EXTRAIT

– Tout le monde dehors !

L'appel se perdit dans le fracas des sabots et les hennissements affolés.

Ted, figé dans l'encadrement de la porte, entendait comme dans un cauchemar les cris de ses camarades qui passaient en courant à côté de lui.

– Ne reste pas là ! lança quelqu'un. Dépêche-toi !

Monica se tordit la cheville et tomba.

– Au secours ! hurla-t-elle.

Les bêtes allaient la piétiner.

Ted la saisit par un bras, il l'écarta du passage des chevaux à l'instant même où ceux-ci arrivaient sur eux, le regard dément, l'écume aux lèvres.

Le cheval de tête, un étalon blanc qui appartenait à M. Taylor, avait à peine franchi la porte qu'il se calma d'un seul coup et s'arrêta en s'ébrouant. Les autres animaux s'immobilisèrent en piaffant.

Ted leva les yeux : le fantôme de Red Burton riait silencieusement. Puis il disparut.

Ted s'efforça de maîtriser sa respiration pour ralentir les battements de son cœur. Autour de lui, la température était redevenue normale, le souffle glacé s'étant évanoui en même temps que le fantôme.

M. Taylor et les autres revinrent dans l'écurie. Ils se rassemblèrent autour de Ted et de Monica. Celle-ci constata avec soulagement que sa cheville n'avait rien.

– Que s'est-il passé ? s'écria-t-elle. Qu'est-ce qui leur a pris ?

– Je... je n'en sais rien, balbutia Jack, toujours sous le coup de l'émotion.

– C'est fini, maintenant. Tout va bien, dit M. Taylor d'un ton qui se voulait rassurant. Nous avons de la chance que personne n'ait été blessé.

Les chevaux furent ramenés à l'écurie et attachés dans les stalles qui n'avaient pas été détériorées. Puis tout le monde retourna autour du feu de camp.

– Il faut que je vous dise quelque chose, M. Taylor, déclara Samantha en s'approchant de lui.

Ted tressaillit. Est-ce que Samantha, elle aussi, avait vu Red Burton ? Il la vit prendre le professeur par un bras et l'entendit déclarer à mi-voix :

EXTRAIT

– Vous n'allez peut-être pas me croire, mais c'est un fantôme qui a effrayé les chevaux.
– C'est vrai, je l'ai vu, confirma Ted en les rejoignant. Et c'était Red Burton !
M. Taylor fronça les sourcils, comme s'il faisait un effort pour comprendre ce qu'ils lui racontaient.
– Red Burton ? répéta-t-il.
Prenant la parole à tour de rôle, Ted et Samantha lui firent le récit des événements de l'après-midi même.
M. Taylor paraissait plus inquiet qu'irrité.
– Il paraît, en effet, que les animaux peuvent voir des choses qui échappent aux êtres humains, admit-il.
Mais je voudrais être sûr que ce n'est pas quelqu'un de bien vivant qui est venu effrayer les chevaux.
Il jeta un coup d'œil à ses autres élèves et reprit :
– Mieux vaut ne pas leur parler de ça. Tout à l'heure, j'irai voir Peter Stone et nous ferons notre petite enquête.
Le dîner se passa dans un calme inhabituel et personne ne se risqua à raconter des histoires de revenants. Ensuite, tout le monde alla se coucher.
Longtemps après, Ted vit partir M. Taylor. Il attendit que le professeur soit hors de vue pour aller s'asseoir devant le feu. Le mot mystérieux gravé sur la clé, un code probablement, le préoccupait. Il savait qu'il n'arriverait pas à s'endormir tant qu'il ne l'aurait pas déchiffré.

EXTRAIT

Il sortit la clé de sa poche. Il posa un carnet sur ses genoux, prit un crayon et se mit à griffonner.
– Ted ? chuchota Samantha en s'installant à côté de lui.
– Mmm ?
– Tu n'arrivais pas à dormir ?
– Eh non.
– Tout va bien maintenant, le rassura Samantha. Les chevaux ne risquent plus de s'échapper.
– Sauf si Red Burton revient les effrayer. Tu le sais aussi bien que moi.
– C'est vrai, tu as raison ! Qu'est-ce que tu fais ?
– J'essaie de comprendre ce que signifient ces lettres, sur la clé. Mais c'est plutôt décourageant. Impossible de former des mots qui aient la moindre signification.
– Cette clé ouvre forcément une porte. Je parierais qu'il s'agit d'un coffre-fort.
– Un coffre-fort ?
– Autrefois, les gens enfermaient leur argent ou leurs objets de valeur dans un coffre et ils gardaient la clé sur eux, expliqua Samantha. Mes grands-parents en avaient un que nous avons conservé. Il était enterré derrière leur ranch.
Ted haussa les sourcils, ébahi :
– Mais il y avait une banque à Gold City, non ? Pourquoi les gens n'y mettaient-ils pas leur argent ?

EXTRAIT

– Une banque pouvait faire faillite. Ou bien elle pouvait être dévalisée par des hors-la-loi.
– Tu veux dire comme Johnny Bodine ? demanda Ted en souriant.
– Il y avait des tas de bandits dans la région, rétorqua Samantha. Et bien pires que Johnny Bodine.
Ted regarda les suites de lettres qu'il avait tracées sur son carnet et bâilla. Tout cela n'avait aucun sens.
Il haussa les épaules :
– Mieux vaut aller dormir. La nuit porte conseil.
Samantha approuva d'un hochement de tête et ils regagnèrent leurs sacs de couchage.
Le lendemain matin, ils furent réveillés par un bruyant tumulte.
– M. Taylor ! appelait Jeff. M. Taylor ! Où êtes-vous ?
Ted cligna des yeux et se redressa sur un coude.
– Que se passe-t-il ? demanda-t-il d'une voix ensommeillée.
Il croisa le regard inquiet de Jack.
– M. Taylor, dit Jack. Il a disparu.

EXTRAIT

Ted sursauta. Ce que venait de dire Jack acheva de le réveiller.

– Comment ça, disparu ? demanda-t-il.

– Oui, disparu, et depuis un bon moment ! s'exclama Jane en tortillant nerveusement l'une de ses mèches rousses.

Monica indiqua l'endroit où le professeur s'était installé pour la nuit :

– Regarde. Il n'a pas déroulé son duvet et son sac n'est plus là.

– Qu'est-ce qui a bien pu lui arriver ? murmura Jeff, comme s'il se parlait à lui-même.

– Qu'est-ce qu'on va faire, maintenant ? gémit Jane.

Samantha et Ted se sentaient un peu coupables. La veille au soir, M. Taylor les avait prévenus qu'il comptait essayer de tirer au clair l'affaire des chevaux. Ted l'avait vu s'éloigner. Et il n'était toujours pas de retour !

– Je crois que la seule chose à faire est d'aller trouver Peter Stone, dit Samantha en s'efforçant de garder son calme. Il connaît la ville et peut nous aider à rechercher M. Taylor.

– J'y vais, lança Jack, rassuré à l'idée de voir un autre adulte à Gold City.

Il revint bientôt en courant.

– Je n'ai trouvé Peter Stone nulle part. J'ai fait le tour des endroits où il aurait pu être. Il n'y avait personne, expliqua-t-il en haletant.

– Et si... si des fantômes les avaient enlevés, suggéra Jane à mi-voix, lui et M. Taylor...

– Hier soir, M. Taylor avait une bonne raison de ne pas se coucher tout de suite, intervint Ted en essayant de se montrer rassurant. Après la panique dans l'écurie, il a dit qu'il comptait faire une tournée d'inspection.

– Ce n'est pas l'endroit idéal pour se promener la nuit, commenta Samantha.

– Et Peter Stone, alors ? lança Jack. Pourquoi n'est-il pas là, lui non plus ?

Ted haussa les épaules :

– Il a sans doute beaucoup de choses à faire. Ce qui compte pour nous, c'est M. Taylor. Sais-tu s'il y a le téléphone chez Peter Stone ? demanda-t-il en se tournant vers Jack.

Jack secoua la tête :

– Pas de téléphone, ni de radio, j'ai regardé. Ici, nous sommes coupés du monde extérieur. Je ne vois qu'un seul moyen d'aller chercher du secours : il faudrait que l'un de nous rentre à Chilleen.

– Renato, le gardien du collège, doit venir nous rejoindre après-demain avec le 4 × 4 pour récupérer nos affaires, déclara Samantha. Mieux vaut l'attendre. Aucun d'entre nous ne connaît assez bien la région pour retourner seul à Chilleen sans risque de se perdre.

– On n'a qu'à voter, proposa Ted. Qui est pour une virée à cheval dans le désert pour aller chercher du secours ?

Jack et Jeff levèrent la main.

– Qui est contre ?

Tous les autres levèrent la main.

– Évidemment, ricana Jack. Il fallait s'y attendre ! Vous êtes des froussards.

– En restant ici, nous sommes plus en sécurité, se défendit Ted. Nous ne savons pas combien de temps cela prendra d'aller chercher des secours, ni dans quelle direction il faut aller exactement.

– D'accord, maugréa Jack. Alors, qu'est-ce qu'on fait ?

EXTRAIT

Ted fut le premier à prendre la parole :
– Répartissons-nous par équipes de deux pour aller fouiller tout le secteur. Que chacun choisisse un partenaire. Personne ne doit rester seul.
Samantha et lui se proposèrent pour aller explorer le salon de coiffure et le saloon de La Dernière Chance. Monica et Jack se chargèrent du quartier des écuries municipales, tandis que Jeff et Jane partaient à l'autre bout de la ville, du côté de l'ancienne pension de famille.
Le salon de coiffure était un petit bâtiment sans étage. Devant sa façade, il n'y avait qu'un long poteau, initialement rayé en rouge, blanc et bleu. Mais au fil des années, le soleil et les intempéries l'avaient décoloré en un assemblage de couleurs pastel.
Quand Ted et Samantha ouvrirent la porte, ils furent recouverts par un nuage de poussière. La pièce était très petite. Sur l'un des murs était fixé un miroir craquelé. Au centre trônaient deux fauteuils de coiffeur.
– Nous ne trouverons rien ici, dit Samantha. Le sol est couvert d'une telle couche de poussière que si M. Taylor était venu, il aurait laissé des traces de pas.
– Allons plutôt explorer La Dernière Chance, proposa Ted.
À l'intérieur du saloon, ils ne trouvèrent personne, et rien n'indiquait que leur professeur soit passé par là.

EXTRAIT

– Peut-être est-il monté, suggéra Ted. Imagine qu'il ait eu un accident...

Il leva la tête vers la galerie à balustrade qui surplombait la pièce et appela :

– M. Taylor !

Dans le lointain, ils entendirent, comme en écho, les voix de leurs camarades qui criaient également le nom du professeur.

– Cette histoire me tracasse, avoua Samantha. D'une certaine façon, nous sommes responsables de sa disparition. Je suis sûre que le fantôme de Red Burton ne cherchait à s'en prendre qu'à nous. Nous n'aurions pas dû en parler à M. Taylor.

Ils grimpèrent les marches branlantes qui menaient à l'étage. Mais ils ne trouvèrent personne dans les chambres qui donnaient sur la galerie.

Et si M. Taylor était blessé ? Et s'il était inconscient quelque part et incapable d'entendre leurs appels ?

Quand ils redescendirent, Samantha se dirigea vers ce qui avait dû être une cuisine. Ted, de son côté, se mit à arpenter avec précaution la pièce principale en examinant les planches disjointes qui craquaient sous ses pas. Et si M. Taylor était passé à travers le plancher d'une maison ? Ted frémit à l'idée que cela puisse lui arriver, à lui aussi.

Il s'approcha du mur où s'alignaient quelques portraits. Le premier était entouré d'un cadre doré. Sous la couche de poussière apparaissait une belle jeune femme blonde, vêtue d'une robe rouge. Un autre cadre, de dimensions plus réduites, contenait une lithographie aux couleurs passées. On y voyait un guerrier indien, représenté sans grand souci de réalisme, avec son nom inscrit en grosses lettres décoratives : Hiawatha.

Ted passa au troisième portrait... et sursauta. C'était une œuvre assez maladroite, mais ce visage au sourire ironique était facilement identifiable. Il s'agissait de Johnny Bodine.

Sur le cadre, une petite plaque portait la date de la pendaison du hors-la-loi. Ted fut aussitôt frappé par un détail. Bodine portait une chemise et un chapeau noirs. Autour du cou il avait un foulard, un foulard jaune identique à celui qui était dans la poche de Ted !

– Ted, pourquoi n'as-tu pas... ATTENTION !

Le hurlement terrifié de Samantha tira brusquement Ted de ses réflexions. Une fraction de seconde plus tard, un verre s'écrasait sans bruit contre le mur, à quelques centimètres de sa tête.

– Attention ! hurla de nouveau Samantha.

Elle bondit sur Ted, l'empoigna et le fit basculer sur le sol. Un autre verre vint s'écraser contre le mur, cette fois à l'endroit précis où, l'instant d'avant, se trouvait la tête de Ted.

EXTRAIT

Le cœur battant à tout rompre, Ted se retourna pour jeter un coup d'œil vers le bar.

Derrière le vieux comptoir en chêne se tenait Red Burton, le visage déformé par un rictus haineux. Il avait une main posée sur un casier de verres qui ne se trouvait pas là auparavant. Glacé d'effroi, le garçon le vit saisir un autre verre et le projeter dans leur direction.

Ted n'était pas certain que les projectiles d'un fantôme puissent vraiment le blesser, mais il ne tenait pas à tenter l'expérience. Il roula rapidement sur lui-même, entraînant Samantha. Un autre verre s'écrasa silencieusement. Chaque fois que Ted et Samantha faisaient un mouvement pour changer de place, Burton envoyait un verre. Les projectiles arrivaient de plus en plus vite, de plus en plus près.

– Arrêtez ! cria Samantha. Arrêtez, je vous en prie !

Mais il paraissait sourd à ces appels. Ted constata que le casier était presque vide. Bientôt, Red Burton n'aurait plus de verres à lancer et ils pourraient alors s'échapper.

Deux autres projectiles vinrent encore s'écraser juste au-dessus de leur tête. Ensuite, plus rien.

– Filons vite ! hurla Ted.

Mais tandis qu'ils se relevaient pour se précipiter vers la porte, Red Burton saisit une bouteille vide par le goulot et la brisa d'un coup sec contre une étagère.

EXTRAIT

Puis, brandissant cette arme hérissée de pointes acérées, il sauta par-dessus le comptoir et se posta entre eux et la porte, leur interdisant l'accès.
Ils n'avaient plus aucun moyen de lui échapper.
Lentement, le fantôme avança vers eux. Boitillant sur sa jambe raide, il tenait devant lui la bouteille brisée. Puis, avec un sourire cruel, il leva sa main vide et la promena de droite à gauche contre son cou.
Ted comprit aussitôt l'horrible signification de ce geste. Le shérif Red Burton allait leur couper la gorge !

Impression réalisée sur CAMERON
par BRODARD ET TAUPIN
La Flèche
en février 1998

Imprimé en France
Dépôt légal : avril 1997
N° d'Éditeur : 3363 – N° d'impression : 6459T-5